EN 2018, HARLEQUIN FÊTE SES 40 ANS !

Chère lectrice,

Comme vous le savez peut-être, 2018 est une année très importante pour les éditions Harlequin qui célèbrent leur quarantième anniversaire. Quarante années placées sous le signe de l'amour, de l'évasion et du rêve... Mais surtout quarante années extraordinaires passées à vos côtés ! Azur, Blanche, Passions, Black Rose, Les Historiques, Victoria mais aussi HQN, &H et bien d'autres encore : autant de collections que vous avez vues naître, grandir et évoluer, avec un seul objectif pour toutes – vous offrir chaque mois le meilleur de la romance. Alors merci à vous, chère lectrice, pour votre fidélité. Merci de vivre cette formidable aventure avec nous. Les plus belles histoires d'amour sont éternelles, et la nôtre ne fait que commencer...

Une union sulfureuse

DANI COLLINS

Une union sulfureuse

HARLEQUIN

Collection : Azur

Titre original :
BOUND BY THE MILLIONAIRE'S RING

© 2017, Dani Collins.
© 2018, HarperCollins France pour la traduction française.

HARPERCOLLINS FRANCE
83-85, boulevard Vincent-Auriol, 75646 PARIS CEDEX 13
Service Lectrices — Tél. : 01 45 82 47 47

www.harlequin.fr

ISBN 978-2-2803-8031-7 — ISSN 0993-4448

1.

Isidora aperçut du coin de l'œil son patron ouvrir la porte de son bureau. Que faisait-il à Paris alors qu'il venait d'être papa ? Il est vrai qu'il n'hésitait jamais à intervenir en cas de problème avec une de ses sœurs, Trella plus particulièrement.

— Je viens de voir le message, l'assura-t-elle. Je suis en train de rédiger un rectificatif…

Avertie par un sixième sens, elle s'interrompit. Un frisson courut sur sa peau et ses mains moites s'immobilisèrent au-dessus du clavier.

Elle n'avait pas besoin de vérifier.

Ce n'était pas Henri Sauveterre qui s'approchait, mais Ramon, son frère jumeau.

Immédiatement, une bouffée d'angoisse la submergea. Devant cet homme, elle se sentait toujours vulnérable, trahie.

Refoulant son émotion, elle figea ses traits pour l'affronter. Les deux frères étaient aussi impitoyables l'un que l'autre. Mais Henri, lui, n'était pas cruel, même s'il avait exercé des pressions pour l'engager.

— Je ne savais pas que tu étais à Paris, déclara-t-elle avec froideur.

Comme Henri, Ramon avait des cheveux bruns coupés très court, mais avec un épi au sommet du crâne. Rasé de près, son visage légèrement anguleux possédait une beauté peu commune, sophistiquée. Comme chez tous les Sauveterre, ses yeux gris viraient au vert quand il était d'humeur à rire.

Ce matin-là, ils étaient couleur d'ardoise, ou de cendre. Isidora sentit une boule d'inquiétude lui nouer l'estomac, d'autant plus que Ramon pinçait ses lèvres sensuelles avec une sévérité qui n'augurait rien de bon.

Il posa les deux mains sur son bureau et se pencha vers elle.

— Tu ne fais pas ton travail ! lança-t-il d'un ton accusateur.

Une secousse d'adrénaline la traversa. Comme elle se détestait de donner prise à son comportement hautain et dominateur ! Elle le haïssait. Encore plus qu'avant, quand elle ignorait sa brutalité. Au moins, à l'époque où elle était jeune et stupide, elle n'avait pas peur de lui.

Pour se ressaisir, elle replongea vers l'écran de son ordinateur. Mais son affolement lui brouillait les idées.

— Si tu ne m'avais pas interrompue, j'aurais déjà terminé la mise au point, argua-t-elle avec une fausse nonchalance.

Luttant pour ne pas trahir son trouble, Isidora réussit à calmer le tremblement de ses mains ; car sous l'effroi et la haine qu'elle éprouvait pour Ramon Sauveterre, la fascination était toujours prête à se réveiller.

— À ce stade, maintenant que le pot aux roses est dévoilé, il n'y a plus rien à faire, grogna-t-il. Pourquoi n'as-tu pas pris les précautions qui s'imposaient ?

— Pour empêcher *ta* sœur de tomber enceinte ? ironisa-t-elle en s'obligeant à croiser son regard. Malheureusement, cela dépasse mes compétences. J'ai eu trois discussions avec elle pour la convaincre de contrôler l'effet d'annonce. Ce n'est pas ma faute si elle a choisi de se taire.

Très grande, experte dans l'art de se vêtir, Trella avait préservé les apparences pendant cinq mois. Mais aujourd'hui, il ne lui était plus possible de dissimuler sa grossesse.

— Eh bien, il fallait susciter une quatrième discussion, et une cinquième, jusqu'à ce que tu la persuades. Ton père y serait parvenu, lui. Pourquoi pas toi ?

Isidora tressaillit. Ramon n'allait pas invoquer ses parents ! Il ne fallait pas s'aventurer sur ce terrain dangereux.

Du coup, elle abandonna le mode défensif pour passer à l'attaque :

— Même avec tous ses contacts, mon père aurait été incapable de contrôler les réseaux sociaux. La photo a été postée par une femme qui allait voir sa mère à l'hôpital. Je te rappelle que c'est toi-même qui y as emmené Trella, dans ta voiture tellement peu discrète qu'un attroupement se forme chaque fois que tu arrives quelque part.

Elle ponctua sa remarque d'un regard accusateur, le mettant au défi de nier sa responsabilité.

— Si les trolls d'Internet n'ont pas tout de suite compris qu'elle était enceinte, reprit-elle, c'est parce qu'ils se moquaient de sa prise de poids. Et sinon, comment vont Cinnia et les bébés ?

La belle-sœur de Ramon avait accouché de jumeaux quelques jours plus tôt.

— Très bien, répondit-il en se redressant.

Il redevint aussitôt distant et réservé, comme tous les Sauveterre chaque fois qu'on leur posait des questions sur un membre de la famille.

Les projecteurs s'étaient braqués sur Henri et Ramon dès la naissance de leurs sœurs Angélique et Trella, jumelles elles aussi. Ces enfants nés d'un mariage entre un magnat des affaires français et une aristocrate espagnole fascinaient le monde, tant par leur extrême ressemblance que par l'élégance et la perfection de leur style de vie.

Puis, alors que les jumelles avaient neuf ans, Trella avait été kidnappée. On l'avait retrouvée cinq jours plus tard, mais les médias, au mépris de l'intimité familiale, s'étaient mis à scruter leurs moindres faits et gestes. La pression avait conduit le père à une mort prématurée, et la traque médiatique n'avait jamais vraiment cessé.

Angélique, surnommée Gili par les siens, semblait malgré tout avoir trouvé le bonheur. Elle venait de se fiancer secrètement à Kasim, l'amour de sa vie, et toute la famille s'était réunie en Espagne en leur honneur.

Mais la fête avait été interrompue quand il avait fallu transporter Cinnia en urgence à la maternité pour une césarienne.

Trella s'était engouffrée dans la Bugatti Veyron de Ramon pour suivre l'ambulance. Non seulement cette voiture de milliardaire était reconnaissable entre mille, mais Ramon avait acheté le modèle Pur-Sang, une édition limitée qu'il avait en outre customisée. Avec sa carrosserie en titane et fibre de carbone, elle suscitait infailliblement la curiosité.

Très inquiète pour sa belle-sœur, Trella avait mis pied à terre sans penser du tout à protéger sa propre image.

N'importe quel cliché pris sur le vif d'un membre de la famille Sauveterre faisait aussitôt le buzz ; alors une grossesse secrète, c'était une véritable bombe nucléaire. Rien ne pouvait arrêter les spéculations sur l'identité du père, qui se propageaient avec une vitesse virale.

Isidora, qui avait grandi avec les filles, était bien placée pour le savoir. Son père avait travaillé pour M. Sauveterre jusqu'à la mort de celui-ci. Aussi, dans son enfance, du moins jusqu'à l'enlèvement de Trella, elle avait souvent été invitée à jouer ou goûter avec les jumelles. Encore maintenant, il leur arrivait de faire des soirées pyjama toutes les trois. Isidora les adorait et était prête à tout pour préserver leur bien-être et celui de leur famille.

Henri, qui lui vouait une confiance absolue, l'avait engagée précisément pour remplir cette fonction. Elle était chargée de gérer les relations publiques des Sauveterre, tâche des plus délicates. En ce moment même, elle préparait un communiqué annonçant que Cinnia et Henri avaient prononcé leurs vœux de mariage à la clinique, juste après la naissance de leurs deux filles.

Ramon n'avait pas les mêmes relations avec elle. À ses yeux, elle n'était qu'une intruse qui ne ferait jamais partie du clan. Elle avait juste droit à ses critiques, au mieux à un vague assentiment.

« Très bien. » Sa réponse évasive au sujet de Cinnia ne la choquait pas. Elle avait cessé depuis des années de guetter son approbation.

— J'espérais voir Henri, dit-elle. Je voulais lui suggérer de publier plus tôt que prévu un portrait de famille avec Cinnia et les bébés. Cela détournerait l'attention dont Trella est l'objet. Elle serait soulagée.

— Mais bien sûr, railla Ramon. Sacrifions l'innocence de ces enfants à peine nés sur l'autel familial !

Ravalant son amertume, Isidora se leva pour aller ranger un dossier, et surtout mettre un peu de distance entre eux deux.

— Tu as une autre idée ?

— Oui.

Bon sang, comme il l'excédait, avec ses airs hautains ! Si son propre père n'avait pas autant d'influence sur elle et si Henri ne lui avait pas offert un pont d'or, elle démissionnerait *illico*. D'un autre côté, elle aimait trop Angélique et Trella pour les abandonner.

Mais tout contact avec Ramon lui était insupportable.

— Je suis tout ouïe, lança-t-elle sans se retourner.

Un frisson courut le long de sa colonne vertébrale. Non, il n'avait pas les yeux rivés sur ses fesses et non, elle ne prenait pas plaisir à sentir l'intensité de son regard… Elle essaya de ne pas se crisper. De toute façon, peu lui importait : cet homme ne l'intéressait plus depuis longtemps !

— Organise une conférence de presse, ordonna-t-il sèchement. J'arrête la course automobile. Cela va faire du bruit.

Isidora possédait la plus belle chute de reins que Ramon ait jamais vue. Et il se flattait de juger en connaisseur.

Visiblement surprise par sa déclaration, elle fit volte-face en gardant une main sur le classeur, mouvement qui souligna sans s'en rendre compte les courbes de sa silhouette. Elle était devenue superbe.

— C'était juste un passe-temps, ajouta-t-il avec une fausse désinvolture.

En fait, il adorait la compétition. Cette passion comptait énormément dans sa vie.

— J'y pense depuis quelque temps, reprit-il. Mais je continuerai à sponsoriser mon équipe.

— N'est-ce pas un peu radical ? De toute façon, tôt ou tard, il faudra bien parler de la grossesse de Trella.

Peu habitué à se justifier, il croisa les bras en fronçant les sourcils.

— Je choisis d'annoncer une décision qui était de toute manière inévitable. Henri ne pourra plus voyager comme avant, maintenant qu'il est papa.

Même si son frère et lui dirigeaient conjointement Sauveterre International, Henri était jusque-là le plus impliqué. Ramon ne fuyait pas ses responsabilités, mais il se consacrait davantage au sport automobile, sans une ombre de culpabilité. À présent qu'Henri était père de famille, il prendrait volontiers le relais.

— J'ignorais tes intentions, dit Isidora.

— Je m'étais préparé à assumer un rôle plus important dans l'entreprise.

— Tout le monde savait que tu prenais la direction à Paris pour permettre à ton frère de s'installer à Madrid, mais de là à abandonner la compétition automobile…

— Nous voulions attendre le mois prochain pour l'annoncer. Avec la naissance prématurée des bébés d'Henri, nous accélérons le processus. J'entame dès aujourd'hui mon plan de restructuration. Avec toi.

Elle écarquilla les yeux d'étonnement.

— Moi ? Comment cela ? Dois-je avancer la date de mon déménagement à Madrid ?

— Tu restes ici, déclara-t-il, avec une satisfaction qu'il se reprocha en son for intérieur. Mes sœurs sont venues à Paris avec moi. Elles préparent le départ d'Angélique dont les fiançailles seront annoncées très bientôt. Il reste juste quelques détails à régler avec la famille de Kasim, détails qui requièrent d'ailleurs ta délicatesse.

Ramon s'interrompit. Il s'en voulait pour le ton condescendant qu'il employait avec la jeune femme. Et puis pourquoi se moquait-il ? Elle ne méritait pas ses sarcasmes.

— Avec Trella de nouveau sur la sellette, poursuivit-il, je vais faire de mon mieux pour détourner l'attention sur moi. J'aurai besoin de tes services, pour rédiger les communiqués de presse par exemple.

— Je peux gérer cela à distance, argua-t-elle. J'en parlerai à Henri.

Elle regarda par la fenêtre. Les stores à demi baissés laissaient entrevoir une splendide vue sur la Seine.

— Il vient d'avoir des *jumeaux*, Isidora. Il travaille le plus possible depuis chez lui pour profiter d'eux et soulager sa femme. De toute façon, il est d'accord. J'en ai discuté avec lui.

— Sans me prévenir ? s'offusqua-t-elle, les prunelles étincelantes.

— Oui. Nous avons besoin de toi à Paris. En cas de crise, comme aujourd'hui, il faut pouvoir réagir immédiatement.

Elle pinça les lèvres, cherchant manifestement une alternative. Il comprenait parfaitement sa réaction, et cela l'énervait.

— Ou alors nous pourrions persuader ton père de

quitter sa paisible retraite pour recommencer à travailler ? suggéra-t-il avec cynisme.

— C'est tentant, en effet.

— Allons, Isidora. Ravale ta rancune. Agis en professionnelle que tu es.

Elle haussa un sourcil dédaigneux.

— Ce n'est pas le travail qui m'inquiète.

— Tu n'as rien à craindre, lâcha-t-il sèchement. Tu ne m'intéresses pas.

Il frappait toujours le premier. Pour être le plus fort, s'imposer d'emblée. Malgré tout, il éprouva du remords quand Isidora accusa le coup. Elle se réfugia derrière son bureau avec une expression blessée et repoussa maladroitement une mèche derrière son oreille. Puis, les joues rouges, elle redressa le menton d'un air déterminé.

— Je remettrai ma démission dans la journée.

Il eut l'impression que le sol se dérobait sous ses pieds. Le détestait-elle à ce point ?

Il scruta longuement ses yeux, dont les pupilles se dilataient démesurément, jusqu'à refléter un vide et une désillusion infinis.

Un instant, le monde alentour s'estompa et une angoisse indicible enfla en lui, dont il avait à peine conscience mais qui l'habitait constamment en sourdine. Une douleur aiguë le transperça et il retint son souffle.

Puis, furieux, il refoula toutes ces émotions au plus profond de lui. Il n'était pas question d'envisager cette éventualité : Isidora demeurerait à son poste. Elle n'avait que vingt-quatre ans, mais elle s'acquittait parfaitement de ses fonctions. Sa loyauté et sa fidélité faisaient merveille. Elle leur était indispensable.

Ses sœurs ne perdraient pas leur précieuse alliée à cause de lui.

Néanmoins, il n'était pas homme à supplier. On ne devenait pas un champion automobile renommé en se distinguant par sa gentillesse. Il n'arriverait à rien non plus par le charme, puisqu'elle le haïssait. De toute façon, il avait besoin de contrôler, dominer, conquérir.

Impitoyable, il fondit sur elle d'un mouvement vif. Il aurait agi de la même manière avec quiconque aurait représenté une menace pour sa famille ou pour lui-même.

— *Cariño*, laisse-moi t'expliquer ce qui se passera si tu démissionnes.

De nouveau, il s'appuya au rebord de la table. Isidora était debout devant lui. Elle se raidit et cilla avec une expression de lassitude, mais elle continuait à lui tenir tête. Il percevait l'odeur légèrement épicée de sa peau, comme un parfum d'herbes ou de fleurs sauvages. Poussé par un élan primitif, animal, il eut envie de s'approcher plus près. Un jour, peut-être…

— Je ne te fais pas confiance, continua-t-il, même si tu as signé une clause de confidentialité. Tu as une attitude tellement hostile envers moi que je ne serais pas étonné si tu revendais quelques informations au plus offrant. Aussi, sache que je te rendrai la vie impossible si tu pars. Tu ne retrouveras pas de travail. Pas au même niveau en tout cas.

Une vive rougeur colora les pommettes d'Isidora.

— Ce n'est pas ainsi que tu vas regagner mon amitié, lui lança-t-elle, bravache.

— Fais preuve de loyauté envers notre famille. Nous te payons assez cher pour cela.

— C'est toi qui parles de loyauté ?

— Oui. Et quitte ce ton moralisateur. Je n'ai pas de leçons à recevoir.

— Puisque tu brandis les menaces, je vais rester à mon poste, déclara-t-elle avec amertume. Parce que j'aime beaucoup tes sœurs et aussi par égard pour mon père, qui reviendrait si je partais. Il est totalement dévoué à ta famille. Ce serait peut-être différent s'il savait que tu as couché avec sa femme, mais je ne le lui ai jamais dit.

Elle pointa un index accusateur dans sa direction.

— Il serait effondré de l'apprendre. Mais contrairement à toi, je ne prends aucun plaisir à rendre les gens malheureux.

— N'exagère pas, *hermosa*.

— Je sais de quoi je parle, *hermoso*, railla-t-elle. À présent, si tu veux bien m'excuser, j'ai une conférence de presse à organiser.

Il planta les yeux dans les siens.

— Isidora, surveille tes manières ou tu découvriras vraiment quel homme je suis.

2.

La rage au ventre, Isidora envoya des convocations pour la conférence de presse qui se tiendrait dans la grande salle de réunion de la tour Sauveterre International à Paris. Le gratte-ciel avait sa réplique exacte à Madrid, construite la même année selon un plan identique. Jusqu'à ce jour, Ramon travaillait là-bas, raison pour laquelle elle n'avait pas demandé de mutation pour son pays natal, où elle aurait pourtant été plus proche de ses parents.

Elle brûlait d'envie d'appeler son père pour lui annoncer la nouvelle : Ramon quittait la compétition ! Bernardo n'en reviendrait pas. Il était passionné de course automobile bien avant que le fils de son patron ne s'y lance corps et âme, à dix-neuf ans à peine. À la consternation de feu M. Sauveterre, Ramon avait dépensé l'héritage d'un de ses grands-parents pour s'offrir une écurie et une équipe de mécaniciens. Il avait gagné dès la première année, puis avait réussi deux saisons plus tard, à la surprise générale, à décrocher le titre suprême de champion du monde d'endurance.

Les week-ends où son père, avec lequel elle habitait depuis le divorce de celui-ci, s'installait devant la télévision pour regarder des courses d'endurance comptaient parmi ses meilleurs souvenirs d'enfance. Elle adorait ces instants de complicité avec Bernardo. Elle préparait des plateaux-repas et se rongeait les ongles dans le rugissement des bolides sur l'ovale d'Indianapolis, le circuit du Mans ou dans les rues de Macao.

Vers douze ans, elle était devenue une vraie fan de Ramon. Le cœur battant, elle suivait les accélérations folles dans les lignes droites et les crissements de pneus dans les virages. Représentant à la fois le nom prestigieux des Sauveterre et de deux pays, la France et l'Espagne, Ramon atteignait pour elle le statut de demi-dieu.

Il l'éblouissait et la fascinait.

Jusqu'au jour, un matin précisément, où elle avait croisé Ramon sortant de chez sa mère, pas rasé, les cheveux en bataille et les vêtements froissés. Elle avait cessé de regarder les courses avec son père, prétextant qu'elle n'avait plus le temps à cause de ses études qui l'accaparaient. Elle n'aurait avoué pour rien au monde qu'elle suivait les retransmissions sur son ordinateur dans un coin de la bibliothèque, ou dans sa chambre, tard la nuit. Elle haïssait Ramon Sauveterre, mais elle avait besoin de savoir qu'il n'était pas mort dans un accident.

Alors pourquoi aujourd'hui était-elle déçue qu'il abandonne ? Elle aurait dû sauter de joie. Pour une fois, ce tyran arrogant et sans cœur n'avait pas ce qu'il voulait.

Bernardo serait catastrophé. Mais en tant qu'ancien directeur adjoint des relations publiques de Sauveterre International, il comprendrait : dès qu'il s'agissait de protéger sa famille, particulièrement ses sœurs, Ramon jouait le bouc émissaire en captant l'attention sur lui. Isidora s'en rendait encore mieux compte maintenant qu'elle avait succédé à son père dans ses fonctions. Ramon orchestrait parfois ses propres fuites sans l'avertir. L'écho de ses escapades devenait vite mondial et le scandale éclatait à point nommé pour faire oublier un incident ou une mésaventure fâcheuse survenue à son frère ou l'une de ses sœurs.

Lorsqu'on avait accusé Angélique de tromper Kasim

parce qu'on l'avait vue embrasser *un autre prince*, aussitôt des photos d'une soirée privée de Ramon avaient circulé sur le Net. Il s'y exhibait à demi nu avec une strip-teaseuse sur chaque genou… Le jour où Trella avait fait sa réapparition en public à l'occasion du mariage d'une amie, le piratage de la boîte mail de Ramon était survenu à point nommé. Sur les plateaux de télévision, les commentateurs n'en avaient que pour lui. Et quand on avait su que Cinnia attendait des jumeaux, une vive altercation sur un circuit entre Ramon et l'un de ses concurrents avait occupé le devant de la scène.

Donc, en un sens, ce n'était pas surprenant qu'il abandonne la course automobile au moment où on découvrait la grossesse de Trella. Mais cela la rendait… triste. Et un peu honteuse de l'avoir accusé de manquer de loyauté.

Tout de même, il exagérait ! Oser la menacer… Il abusait de son pouvoir. Que lui avait-elle fait sinon l'avoir aimé un peu trop ?

Elle se recoiffa, appliqua une touche discrète de rose sur ses lèvres et tenta d'oublier le sentiment d'injustice qui lui serrait la gorge.

Ramon devait la retrouver devant l'ascenseur, mais Étienne la rejoignit avant. C'était le protégé de son père quand celui-ci travaillait encore. Elle était sortie avec lui l'année précédente, mais il avait rompu parce que leur relation n'évoluait pas dans le sens qu'il souhaitait. Isidora était partie finir sa licence à Londres, en se félicitant de ne plus croiser son chemin. Puis son père avait pris sa retraite et Henri avait exercé d'énormes pressions pour qu'elle lui succède. Étienne, qui avait cru que la place lui reviendrait, lui en voulait de l'avoir évincé. Elle n'y était pour rien, mais son ancien flirt s'était persuadé du contraire.

— C'est donc vrai ? lança-t-il d'un ton agressif.

— Quoi donc ?

— Trella est enceinte ?

— Je n'en sais pas plus que toi, répliqua-t-elle en faisant semblant de lire un message sur son téléphone. En tout cas, ce n'est pas le sujet de la conférence de presse.

Comme elle se taisait, il revint à la charge :

— Tu ne vas pas m'en dire plus ?

— Tu sauras tout dans quelques minutes. Comme les autres.

Il poussa un juron.

— Tu as eu le poste grâce à ton père, par favoritisme, maugréa-t-il. Tu n'as même pas les qualifications. Et certainement pas mon expérience.

— On me renverrait si je ne donnais pas satisfaction.

Une porte se referma au fond du hall et le pas ferme de Ramon résonna sur le marbre. Isidora figea un sourire sur ses lèvres, le même qu'elle offrirait à la meute des journalistes dans quelques minutes.

— Henri, dit Étienne en inclinant la tête pour saluer son patron.

— Ramon, corrigea ce dernier en le précédant dans l'ascenseur.

— J'ignorais que vous étiez à Paris. Votre frère est probablement resté en Espagne avec…

— Bernardo nous reconnaissait sans problème, coupa Ramon. Comme Isidora. C'est une qualité que nous apprécions dans notre entourage. Et à l'avenir, épargnez-moi vos remarques sur ma famille. Nous ne sommes pas intimes, que je sache.

Le stratagème ne fonctionnait pas.

Les flashs avaient crépité pendant quelques instants, des murmures avaient parcouru l'auditoire, puis très vite les questions avaient fusé au sujet de Trella.

— Vous confirmez qu'elle est enceinte ?

— Pour quand est l'accouchement ?

—

Quan[...]

le parfum[...]

— Mes[...]

l'ordre du j[...]

compétition à[...]

restructurer l'en[...]

modulée. C'est u[...]

lecteurs des pages [...]

des chroniques spor[...]

Elle était aussi cal[...]

Et compétente. Mais Ét[...]

un peu d'expérience pou[...]

Ramon, lui, avait fait s[...] quinze ans plus tôt, sous la tutelle de B[...] [G]arcia et dans les pires circonstances. En effet, [s]uite à l'enlèvement de Trella, la police voulait diffuser un appel au secours à la télévision pour récolter des témoignages — plus on aurait d'indices, plus facilement on retrouverait les kidnappeurs. Bernardo s'était alors chargé de convaincre Angélique :

— Il faut toucher les gens. Ils seront plus émus si c'est toi qui leur parles, avait-il expliqué à la petite fille. Tu souffres et tu as peur… alors, n'essaie pas de cacher tes larmes. Il faut montrer ce que tu ressens. Pour qu'on nous donne les informations dont nous avons besoin pour retrouver ta sœur. Je regrette de te demander une chose aussi difficile, mais tu dois parler avec ton cœur, montrer ton chagrin.

Quelle expérience effroyable pour une enfant de neuf ans ! Utiliser ainsi sa terreur et son angoisse… Effaré par ce qu'on exigeait de sa fillette timide et réservée, déjà traumatisée, leur père s'était tenu en retrait, irrésolu. Mais ils étaient tous tellement désespérés… Henri avait fini par emmener leur mère en pleurs dans la pièce voisine, tandis que lui, Ramon, prenait place à côté de la caméra pour soutenir sa petite sœur pendant qu'elle

... gélique lui serrait

... avaient tous contracté une
... té et pris en grippe les médias.
... tion qu'on portait à leur famille.
... la hors de danger, la vie avait repris ses
... acun avait adopté une tactique particulière
... se protéger de la curiosité dont ils étaient la cible :
Henri s'isolait, Angélique se résignait en feignant l'indifférence, Trella avait mené une existence de recluse, refusant pendant des années d'apparaître en public et d'être photographiée.

Ramon, lui, préférait battre les paparazzis à leur propre jeu. Il se moquait éperdument de ce qu'on racontait sur lui, s'en amusait quand c'était faux, et se chargeait d'alimenter lui-même la chronique. L'été précédent, une altercation sur un circuit était tombée à point nommé pour détourner l'attention polarisée sur Cinnia — enceinte de jumeaux, fragilisée, celle-ci supportait mal d'être le point de mire.

Maintenant, un autre bébé était en route... Ramon aurait volontiers étranglé Trella pour s'être mise dans cette situation. En tout cas, il fallait protéger cet enfant, ainsi que sa sœur, encore très vulnérable après avoir souffert pendant des années du harcèlement médiatique.

— Trella aurait parfois assisté à certaines courses en se faisant passer pour sa jumelle. C'est vrai ? s'enquit brusquement un journaliste.

Oui, c'était vrai. Et il valait mieux ne pas s'aventurer sur ce terrain-là. Ramon devait absolument recentrer l'intérêt sur sa personne. Apparemment, l'information qu'il avait livrée ne suffisait pas.

Il entendit la voix de Bernardo : « Il faut toucher les gens. Il faut montrer ce que tu ressens. » Il se creusa la tête à toute vitesse, passant en revue diverses possibilités. Soudain, la solution s'imposa, évidente. Il y avait bien un petit écueil mais… après tout, il était réputé pour son pilotage téméraire, à la limite de l'agressivité, non ?

— Je me suis découvert une nouvelle passion, annonça-t-il d'une voix ferme. La course automobile a rempli mon existence pendant dix ans. Mais maintenant que mon frère est marié et père de famille, j'ai moi aussi envie de connaître les joies domestiques. Je suis amoureux et…

Un murmure de stupéfaction parcourut l'assistance quand il mit un genou en terre devant Isidora.

Le flot de questions autour de Trella cessa instantanément, remplacé par le cliquetis des appareils photo. L'air sidéré et incrédule, Isidora pâlit en portant une main à sa bouche.

— *Lo siento, mi amor*, déclara Ramon avec le plus de conviction possible. Je ne peux plus me taire. Je t'aime trop.

Pour lui qui n'avait jamais dit cela à personne, sauf à sa famille, c'était terriblement troublant, d'autant plus qu'il refoulait généralement ses émotions.

— Tu avais promis de m'épouser si je quittais la compétition, poursuivit-il après une hésitation convaincante. Donc, *mi corazón*, le moment est venu pour moi de devenir l'homme le plus heureux sur Terre.

Il fallait rendre hommage à Isidora : elle avait parfaitement tiré profit des enseignements de son père. Ses yeux s'emplirent de larmes et elle se mit à trembler tandis que ses doigts se refermaient en un poing qu'elle se posa sur la bouche.

— Elle a dit oui ! s'écria-t-il joyeusement en se relevant pour la serrer contre lui. Elle a dit oui !

Puis il enfouit les doigts dans ses cheveux pour tirer sa tête en arrière et l'embrassa. Isidora se raidit entre ses bras. Il raffermit son étreinte, implacable. Et au lieu de lui imposer de force ce baiser, il usa de toute sa sensualité pour le lui faire accepter. Quand la fin justifiait les moyens, Ramon pouvait oublier sa réserve.

Le traître ! La crapule ! Isidora tempêtait intérieurement. Ramon ne se contentait pas de menacer son avenir professionnel, il fallait aussi qu'il lui brise le cœur, réduise en miettes son amour-propre. Il lui prit les lèvres avec la même passion qu'elle imaginait autrefois, dans ses rêves les plus fous. Avec une ardeur torride, comme s'il l'aimait vraiment.

Ainsi qu'il venait de le dire.

Seigneur...

Mais ce mensonge éhonté ne devait pas l'affecter. Elle devait résister, rester professionnelle et digne, alors même qu'elle aurait volontiers arraché les yeux à Ramon. Comment osait-il se moquer d'elle de la sorte, la prendre ainsi en otage ?

En dépit de son humiliation, son self-control l'abandonna. L'adolescente éprise qui avait pleuré toutes les larmes de son corps pendant cinq ans se réveilla brusquement, le cœur débordant de joie. Elle offrit sa bouche pour s'enivrer des sensations délicieuses qui l'inondaient.

Un frisson courut sur sa peau. Elle en oublia la double trahison dont elle était victime : après avoir méprisé la pureté de son amour juvénile en séduisant sa propre mère, Ramon le foulait aux pieds une deuxième fois. Mais plus rien n'avait d'importance puisqu'il la serrait dans ses bras.

Elle lui rendit son baiser.

Elle n'avait pas beaucoup d'expérience. À cause de lui, d'ailleurs, puisque lui seul lui plaisait, depuis toujours. Les autres ne comptaient pas.

Lorsqu'il s'écarta, Isidora prit conscience de la pression sensuelle de sa main, au bas de son dos. Ses caresses lui avaient tourné la tête. Ses oreilles bourdonnaient. Quelle idiote ! Tout le monde devait se moquer d'elle.

Ramon ne la lâcha pas quand elle le repoussa pour reprendre son souffle. Au contraire, il la retint contre son torse. Tout au fond de la salle, Isidora aperçut Étienne qui grimaçait un rictus méprisant.

— Espèce de…

Isidora s'interrompit, incapable de choisir parmi le flot d'insultes qui se présentaient à son esprit.

— Comment as-tu *osé* ?

Elle parlait d'une voix brisée et respirait avec difficulté. Ils venaient de pénétrer dans le bureau de Ramon après la *formidable* conférence de presse qui venait de changer le cours de son destin. Il jeta sa veste sur le canapé, tout en sortant son téléphone portable.

— On m'appelle, je dois répondre, fit-il. Ressaisis-toi pendant ce temps. ¡Hola!

Il alluma son ordinateur pour passer en visioconférence.

— Tu es sérieux ? lança une voix féminine, probablement Trella.

— C'est ta faute, répliqua Ramon. Remercie-moi plutôt.

Isidora s'approcha du bureau. C'était bien Trella, pelotonnée dans un fauteuil à côté de sa sœur.

— Izzie ne mérite pas d'être traitée ainsi ! déclara Angélique.

Ramon se tourna vers elle.

— Est-ce si épouvantable, *mi amor* ?

Que répondre ? Comment expliquer ce qu'elle ressentait, elle ne le savait même pas elle-même !

— Izzie est là ? Je suis tellement désolée, Izzie…

— Ne t'inquiète pas pour moi, dit Isidora en entrant dans le champ de la caméra. J'aurais dû trouver le moyen de désamorcer l'affaire dès la publication des photos. Mais maintenant, tu dois faire une déclaration. Absolument.

— Je mange trop, j'ai beaucoup grossi, gémit Trella. Tu n'y es pour rien. Mais je ne veux pas…

« … *l'annoncer à son père* », devina Isidora, terminant en silence une phrase que son amie n'était pas capable d'achever. Ses proches avaient pourtant deviné de qui il s'agissait quand le prince Xavier d'Elazar avait été photographié en train d'embrasser… Angélique ! Pour Isidora, qui n'avait jamais eu aucun mal à différencier les jumelles, il n'y avait pas l'ombre d'un doute : il s'agissait de Trella. Et c'était bien Angélique qui avait été photographiée avec Kasim ibn Nour, prince héritier du Zhamair. Ce dernier n'avait néanmoins jamais apporté de démenti, et Angélique non plus.

— Je vais venir discuter avec vous deux pour trouver une solution, suggéra Isidora.

— Euh… Non ! bredouilla Trella.

— Impossible ! s'écria Angélique en même temps.

— Pourquoi ?

— Tu es comme nous, maintenant, *moza amiga*, expliqua Trella. Tu vas être obligée de te déplacer en voiture blindée pour échapper aux hordes de curieux et de journalistes embusqués devant chez toi.

— Tu plaisantes, j'espère ! protesta Isidora.

Malheureusement, Trella n'avait sans doute pas entièrement tort… Était-ce elle qu'attendaient les paparazzis attroupés en bas, dans la rue ? Serait-elle la nouvelle cible ? Isidora n'était pas naïve, et pourtant l'idée ne l'avait même pas effleurée.

— As-tu prévenu tes parents ? demanda Angélique avec inquiétude. Ils vont être assaillis de coups de fil.

Mon Dieu, maman !

Isidora se passa la main sur le front. Dire que pendant toutes ces années, elle avait menti au monde entier, et surtout à son propre père, pour dissimuler la vie tapageuse de sa mère… Mais si les journalistes *people* se mettaient à fouiner, il n'y aurait plus moyen de cacher quoi que ce soit. Tout serait étalé au grand jour, l'honneur de la famille souillé. Francisca Villanueva trompait déjà Bernardo Garcia bien avant leur divorce. Il serait sali, humilié. C'était pire que tout.

Isidora se tourna vers Ramon, furieuse.

— Je ne te pardonnerai jamais !

3.

— *¡Mi cielo!* s'écria Francisca en décrochant. Henri vient de m'appeler. C'est merveilleux ! Tu as toujours été follement amoureuse de Ramon…

— Henri t'a téléphoné ? coupa Isidora, sidérée.

Ramon semblait occupé à lire les innombrables messages qui lui parvenaient. Il leva pourtant les yeux et tourna la tête vers elle.

— *Si*. Henri a regardé la conférence de presse, précisa-t-il. Il envoie immédiatement une voiture chez ta mère.

Isidora hocha la tête.

— Henri a peur que tu sois importunée par les reporters, expliqua-t-elle à sa mère.

Il ne fallait pas dire la vérité à Francisca au sujet des fiançailles : elle ne saurait pas tenir sa langue.

— Fais ta valise, *mama*, reprit-elle. Ne les fais pas attendre.

— Où est Ramon ? Je veux l'embrasser.

Voilà qu'elle remuait le couteau dans la plaie, sans le vouloir, bien sûr, puisqu'Isidora n'était pas censée savoir ce qu'il s'était passé entre Ramon et sa mère. Malgré tout, elle ne jetait pas la pierre à cette dernière. Elle ne se demandait même pas pourquoi sa mère avait couché avec Ramon : Francisca avait besoin de séduire. C'était pathologique. Elle n'aurait jamais assez d'amour et d'admiration. Telle une pauvre enfant abandonnée, écorchée vive, elle manquerait éternellement de bon sens et de jugement.

Au lieu de la rejeter et de la condamner, Isidora faisait son possible pour la protéger. Et elle n'en méprisait que davantage Ramon pour avoir profité de sa fragilité.

— Henri a aussi contacté ton père, dit Ramon. Il les emmène tous les deux à Sus Brazos pour quelques jours, le temps que les choses se calment.

Isidora eut envie de protester. *Il ne faut pas les réunir !* Cela se terminait toujours en catastrophe. Ils se réconciliaient, puis sa mère quittait à nouveau Bernardo pour un autre et il souffrait. Et elle aussi, par voie de conséquence, songea Isidora.

— C'est la sonnette que j'entends, *mama* ? demanda-t-elle. Dis bien à la bonne de demander qui c'est avant d'ouvrir. Appelle-moi quand tu seras installée. *Te amo.*

Elle raccrocha et envoya un texto à la gouvernante de Francisca pour lui donner des recommandations.

— Pourquoi as-tu fait une chose pareille ? lança-t-elle à Ramon, osant enfin aborder le vif du sujet.

Surtout, pourquoi avait-il dit qu'il l'*aimait* ? C'était tellement douloureux. Elle en était restée muette d'étonnement, paralysée, incapable de réagir.

— Tu sais très bien pourquoi. Ma stratégie ne fonctionnait pas.

— Mais pourquoi *moi* ?

Quelle cruauté ! Révoltée, le rouge aux joues, Isidora avait du mal à respirer. Mais il s'en moquait éperdument.

— Qui d'autre ? s'écria-t-il avec une désinvolture encore plus blessante. Étienne ? Mon coming out aurait certainement produit beaucoup d'effet, mais je n'aurais pas pu jouer très longtemps la comédie…

— Tu crois vraiment que nous sommes crédibles ?

Elle avait envie de le tuer. Son cœur battait à tout rompre.

— Il ne tient qu'à toi de faire bonne figure. La perspective d'épouser un Sauveterre a de quoi te donner le sourire, non ?

— Cesse de plaisanter ! Ce n'est pas drôle. De toute façon, je ne vais pas me marier avec toi.

— Non, évidemment.

Ces deux mots achevèrent de l'anéantir.

— Tu joueras simplement ton rôle de fiancée le temps qu'il faut.

— C'est-à-dire ? Non, Ramon, je refuse. Je préfère encore être licenciée, renvoyée pour insubordination. Tant pis pour la suite.

Il croisa les bras.

— Tu as fini ?

— Tu crois que j'exagère ? s'écria-t-elle en serrant les poings. Tu es en train de gâcher ma vie.

— Je t'en prie ! Tu as pourtant l'habitude d'imaginer des stratégies pour voler à notre secours. D'ailleurs, tu es payée pour cela.

— Ce n'est pas la même chose de travailler dans l'ombre et d'être sous les projecteurs.

— Tu fais partie de la famille, pour le meilleur et pour le pire, soupira-t-il, comme à bout d'arguments.

Aux yeux de son frère et ses sœurs peut-être, mais pas aux siens, songea Isidora.

— Depuis *quand* ?

— Nous te faisons entièrement confiance. Le poste que tu occupes en est la preuve.

— Pourtant, tu n'hésites pas à recourir au chantage, voire aux menaces, s'emporta-t-elle.

L'expression de Ramon se durcit.

— Cesse de m'agresser à tort et à travers. Tu ne m'as jamais pardonné l'incident d'il y a cinq ans. Il est temps de tirer cela au clair.

Non ! Étouffant le cri de douleur qui montait dans sa gorge, Isidora s'élança vers la porte.

Elle entendit un déclic et agita furieusement la poignée.

Ramon l'avait verrouillée. Une sensation de terreur l'envahit, non parce qu'elle était prisonnière, mais parce qu'il voulait l'obliger à reparler de… *cela*.

Non !

Une sueur froide perlait sur son front quand Isidora fit volte-face. Les sourcils froncés, Ramon referma le boîtier qui commandait la fermeture des portes.

— Pourquoi es-tu si horrible ? haleta-t-elle.

Sans répondre, il se dirigea vers le bar et en sortit une bouteille d'anisette, son apéritif préféré en Espagne. S'en souvenait-il ou était-ce le hasard ?

— Tu connais bien l'histoire de notre famille, commença-t-il en servant deux verres. C'est toi qui as redonné le goût de jouer à mes sœurs après le drame. Tu rendais souvent visite à Trella à Sus Brazos quand elle vivait en recluse. Et tu as fièrement affiché ta préférence pour moi alors qu'aucune fille ne pouvait différencier les fils Sauveterre, et qu'aucune n'essayait. Allez, viens t'asseoir.

Isidora demeurait obstinément devant la porte close, les bras croisés, le visage en feu. Elle haïssait Ramon Sauveterre de toutes ses forces. Comment osait-il évoquer avec tant de désinvolture ses émois d'adolescente ? Comme cet amour de jeunesse lui paraissait ridicule, désormais… Pourquoi voulait-il la forcer à revivre un souvenir abominable ? Le matin où elle avait croisé Ramon qui sortait de chez sa mère, il lui avait infligé l'expérience la plus traumatisante de son existence. Elle ne s'en était jamais remise.

Il soutint son regard — y lisait-il la rancune qu'elle éprouvait ?

— J'étais flatté, reprit-il, mais je ne pouvais pas te prendre au sérieux. Tu étais trop jeune.

Huit années les séparaient. En outre, le kidnapping de

Trella avait fait prématurément mûrir Henri et Ramon, alors âgés de quinze ans. Ensuite, la mort de leur père les avait contraints à prendre la direction de la société d'investissement familiale à vingt et un ans. Avec cette lourde responsabilité qui avait pesé très tôt sur leurs épaules, l'écart s'était encore creusé avec elle, songea Isidora.

— Je me moque que tu n'aies jamais fait attention à moi, prétendit-elle, alors que cela l'avait rendue affreusement malheureuse. Ce que je ne te pardonne pas, c'est ce qui s'est passé avec ma mère.

— Je n'ai pas couché avec elle, bougonna-t-il.

La mort dans l'âme, elle se détourna. La prenait-il pour une idiote ? Le mensonge n'arrangeait rien, bien au contraire.

— Tu lui as posé la question ? demanda-t-il.

— Non !

De toute manière, ce n'était pas la peine. La situation parlait d'elle-même. Comme il haussait un sourcil interrogateur, elle donna des détails :

— Tu étais à moitié habillé, sans cravate, le col de chemise ouvert, pas rasé…

— J'avais effectivement passé la nuit chez elle, mais…

— Dans son lit ! Les oreillers étaient en désordre. J'ai vérifié, figure-toi !

— Je me suis allongé *sur* son lit pendant qu'elle se changeait et se démaquillait. Nous discutions. Il ne s'est rien passé. Nous sommes redescendus au salon où nous avons bu suffisamment pour que je décide de rester dormir sur son canapé. Je me suis réveillé au moment où tu es entré. Quand j'ai essayé de m'expliquer, à l'anniversaire de ton père, tu as refusé de m'écouter.

— Oh ! je t'en prie ! Dès qu'elle m'a vue, ma mère m'a demandé depuis combien de temps j'étais là, avec un air coupable qui ne trompait pas.

— Ce n'est pas une preuve. Tu ne crois pas que ta

mère puisse emmener un homme chez elle sans faire l'amour avec lui.

Isidora n'avait pas envie de réfléchir à cela pour l'instant.

— Tu dépasses les bornes, Ramon.

— Si tu penses que c'est moi qui suis incapable de contrôler ma libido, tu te trompes.

Elle lui lança un regard outré et méprisant.

— Si c'est faux, pourquoi n'as-tu pas tout de suite levé l'ambiguïté ? Quand je t'ai demandé les raisons de ta présence, tu m'as dit que ma mère avait besoin de compagnie et que tu l'avais raccompagnée. Tu savais parfaitement comment j'interpréterais tes propos. Pourquoi m'as-tu induite en erreur au lieu de rétablir la vérité ?

— Parce que tu avais dix-huit ans et que tu m'idolâtrais. Il était de mon devoir de te décourager.

Ce deuxième coup fut aussi rude que le premier. Les pauvres illusions qu'Isidora nourrissait encore se fracassèrent sur-le-champ. Pendant quelques secondes, elle cessa de respirer.

Jusqu'au moment où Ramon l'avait embrassée devant le parterre de journalistes, elle aurait juré qu'elle était guérie et qu'elle ne l'aimait plus. Hélas, ce baiser avait réveillé ses fantasmes les plus fous.

C'était pathétique.

Ramon avait raison. Il fallait en finir avec cette toquade puérile.

Comme le silence se prolongeait, elle sentit une larme rouler sur sa joue et l'essuya. Ramon soupira bruyamment. Il devait être excédé. Mortifiée, Isidora se promit de ne plus jamais pleurer à cause de lui. C'était la dernière fois. Elle était épuisée. Il ne servait à rien de s'accrocher à des chimères. Il fallait tirer un trait sur le passé et aller de l'avant.

Elle hocha la tête avec un petit sourire, résignée.

— L'épreuve a été rude, mais je l'ai surmontée.

Il termina son verre.

— Bravo. Tu as passé le test.

Quel mufle ! Qu'est-ce qui avait pu lui plaire chez lui ? À part son dévouement absolu pour ses proches ; et aussi sa volonté conquérante, son charme fou, son charisme, son esprit brillant…

Elle aurait aimé se rétracter, mais elle ne trahissait pas les gens qui avaient besoin d'elle. Par principe, même si elle devait en souffrir. Elle avait l'habitude. N'avait-elle pas à maintes reprises secouru ses parents qui se déchiraient ? Finalement, ses vies privée et professionnelle se ressemblaient.

Se forçant à bouger, elle s'éclipsa aux toilettes pour retoucher son maquillage. Tout en tamponnant ses yeux humides, elle pensa à son père, dont l'amour l'avait toujours aidée à passer des caps difficiles. Comme le jour où elle avait appris qu'il n'était pas son père biologique.

Bernardo était son point d'ancrage, sa boussole. Il lui apportait tout ce que sa mère était incapable de donner.

Il avait toujours défendu âprement les Sauveterre, avec une fidélité indéfectible. Aujourd'hui, il aurait soutenu sans hésiter le fils de celui qui l'avait convaincu d'élever l'enfant que sa femme avait conçu avec un autre homme.

Même si aucun des enfants ne le savait, c'était grâce aux Sauveterre qu'Isidora pouvait appeler Bernardo « papa », et elle leur en serait éternellement reconnaissante. Au moins, quand toute cette histoire serait terminée, elle aurait payé sa dette.

Ramon savourait le goût subtil de l'anisette, qui lui rappelait un peu la fragrance des cheveux d'Isidora. Leur baiser imprévu l'avait… enivré. Il avait été stupéfié par la réaction inattendue de la jeune femme. Sa *reddition*.

Mais plus encore par l'extraordinaire alchimie qui avait explosé entre eux.

Il avait connu beaucoup de très belles femmes. Pourtant, aucune n'avait suscité en lui un tel bouleversement. Un instant désorienté, il s'était senti perdu dans un univers inconnu qu'une vie entière ne suffirait pas à explorer. Puis il avait repris conscience de l'endroit où ils se trouvaient et s'était ressaisi, mais au prix d'un immense effort sur lui-même. Jusque-là, personne n'avait jamais réussi à pénétrer ses épaisses murailles défensives.

Bon sang, Isidora Garcia ! S'il avait su que leurs sensualités étaient si compatibles…

Non.

Il se versa un troisième verre. Il n'était pas dans ses habitudes de revenir sur le passé pour analyser les choix qu'il avait faits. Henri le faisait, pour en tirer des leçons et modifier sa ligne de conduite. Pas lui. Il agissait d'instinct, affrontait les problèmes au fur et à mesure qu'ils se présentaient. Son but principal était de protéger sa famille avant tout. Jamais il ne laissait sa libido interférer. Il s'interdisait toute faiblesse. Trop de gens dépendaient de lui, de sa force de caractère, surtout maintenant qu'Henri avait une femme et des enfants.

De temps en temps pourtant, à peu près une fois par an, Ramon s'autorisait un certain relâchement. La mélancolie le gagnait, et s'il ne se trouvait pas en famille auprès des siens, il cherchait de la compagnie et de la consolation dans les bars. C'est ainsi qu'il avait croisé par hasard, cinq ans plus tôt, l'ex-femme du meilleur ami de son père.

Francisca Villanueva était un être faible, habité par une grande souffrance. Ce soir-là, il l'avait raccompagnée chez elle pour lui éviter de mauvaises rencontres dans un endroit mal famé. Au moins pour une nuit. Elle s'était alors confiée à lui avec un humour désabusé, révélant des fractures familiales qu'il ne soupçonnait pas — Bernardo paraissait heureux et équilibré, Isidora gaie et épanouie. Les apparences étaient trompeuses.

En voyant Isidora le lendemain matin, il avait réagi par réflexe, sans réfléchir.

Elle l'adulait depuis toujours. Plus elle embellissait, à l'adolescence, plus il avait eu de mal à résister à la tentation. Pourtant, elle était beaucoup trop jeune et innocente pour vivre une aventure sans lendemain. Or il n'avait rien d'autre à lui proposer.

Quand le doute et la suspicion s'étaient peints sur son visage, il ne l'avait pas détrompée. Délibérément, pour lui infliger une désillusion fatale.

Il aurait pu dissiper le malentendu, expliquer qu'il avait passé la nuit à écouter les confidences de sa mère en buvant du whisky. Et que pour tout contact, ils avaient échangé un baiser chaste sur la joue quand elle était montée se coucher, seule. Mais à quoi bon ? Il valait mieux décevoir brutalement cet amour naïf et juvénile, avait-il pensé alors, puisqu'il ne pouvait rien offrir à Isidora que de l'éphémère. Pouvait-il vraiment cueillir cette jeune fille en fleur et l'abandonner ensuite en lui brisant le cœur ? Car il ne l'épouserait pas. Il ne voulait pas se marier. Jamais. Il avait donc pris la seule décision qui s'imposait. Malgré la cruauté apparente de son attitude, il lui avait rendu un immense service. Elle ne se brûlerait pas les ailes.

Comment prévoir qu'Henri recruterait Isidora Garcia quelques années plus tard, sans qu'il puisse s'opposer à la décision de son jumeau. Isidora possédait l'intelligence et les compétences nécessaires. Et surtout, elle connaissait parfaitement l'histoire familiale et la psychologie de chacun.

Ramon comprenait la colère de la jeune femme : en l'obligeant à jouer cette comédie de fiançailles, il lui imposait une corvée pénible et douloureuse. Quoi qu'il en soit, il était trop tard pour revenir en arrière.

Passant le pouce sur le bord de son verre, il s'efforça de chasser le souvenir de leur baiser. Il ne devait pas s'égarer. Sa famille avait besoin lui.

Isidora ressortit des toilettes avec une expression apaisée. Il crut même déceler une joie tranquille sur son visage.

Dios, comme elle était belle…

— Tu peux déverrouiller la porte pour me laisser sortir, maintenant ? demanda Isidora en s'appuyant d'une fesse sur le bord du bureau.

— Je…

— Oui, tu as raison, l'interrompit-elle. Pas tout de suite, j'allais oublier l'essentiel.

Son sourire s'effaça si brusquement que Ramon frissonna.

— On organisera deux réceptions, déclara-t-elle froidement. Une pour fêter la fin de ta carrière sportive et une autre pour les fiançailles. Deux événements bien différenciés pour optimiser la couverture médiatique.

Elle s'approcha pour récupérer son téléphone sur la table basse.

— Il faudra aussi communiquer sur la restructuration de la société, peut-être à l'occasion d'un gala de charité. Cela nous permettra d'apparaître une fois de plus tous les deux en public. En plus, l'entreprise en bénéficiera. Autant faire d'une pierre deux coups. Il me faudra une bague, bien grosse, pourquoi pas flashy. Je ne la garderai pas, on peut très bien la louer…

— Je l'achèterai, coupa-t-il, désarçonné par le revirement de sa collaboratrice. Donc, tu acceptes ? Sans discuter ?

— Je n'ai pas vraiment le choix.

Elle se redressa fièrement, comme un condamné prêt

à affronter le peloton d'exécution. Devant une attitude aussi théâtrale, Ramon faillit lever les yeux au ciel.

— Tu auras des compensations.

Elle prit un air offensé.

— Non merci. Je veux juste aider Trella. Mais… Combien de temps faudra-t-il jouer la comédie ? Trois mois ? Quatre ?

Elle plissa le front, comme si elle calculait.

— Une fois que Trella aura eu son bébé et qu'Angélique aura annoncé son mariage, nous pourrons rompre. Publiquement de préférence. À moins qu'un nouvel imprévu nous oblige à prolonger un peu la farce.

— C'est parfait, commenta Ramon, conciliant.

— Je remettrai ma démission à ce moment-là. Il faudra en parler à Henri et anticiper le recrutement de quelqu'un pour me remplacer.

Ramon faillit protester, mais Isidora avait raison. D'ailleurs, cela lui donnerait l'occasion de la dédommager. Et ils pourraient toujours la recontacter en cas de besoin.

Elle se mordit la lèvre en rougissant.

— Étienne semble le mieux placé. Si tu es d'accord, je lui en toucherai un mot.

Il secoua lentement la tête, suspicieux.

— Continue.

Elle se racla la gorge.

— Il a été très déçu par ma nomination. Il comptait prendre la succession de mon père.

— Nous avons pris notre décision en connaissance de cause. Nous n'avons aucun compte à lui rendre.

— Je sais, mais… Il a travaillé avec mon père pendant mes quatre années d'études supérieures. Il ignorait l'amitié qui me lie à tes sœurs et s'est senti lésé. C'est compréhensible, non ?

— Peu m'importe.

— En tout cas, ce serait bien de le mettre au courant de la situation. Nous sommes sortis ensemble, et…

— Tu as *couché* avec cet imbécile ? s'écria Ramon, estomaqué.

Bizarrement, il ne supportait pas cette idée. De plus, Isidora projetait une telle aura d'innocence et de pureté que cela lui paraissait inconcevable.

Elle battit des cils en rougissant. Après tout, n'était-il pas normal qu'une jeune femme de son âge ait des amants ? Pourquoi était-il surpris ? Peut-être parce que ses sœurs n'avaient jamais rien ébruité. Le père d'Isidora avait élevé sa fille très strictement, en réaction contre la conduite scandaleuse de Francisca. Cette vigilance bienveillante et paternelle de Bernardo avait contribué à renforcer ses propres hésitations, se rappela Ramon.

Alors pourquoi était-il choqué ? Il se demanda si elle avait embrassé Étienne avec la même passion que lui tout à l'heure…

¡Dios! Était-il jaloux de ce play-boy insignifiant ?

— Étienne n'est pas un imbécile, déclara-t-elle avec raideur. Sinon mon père n'aurait jamais accepté de lui apprendre le métier. Il s'agit uniquement de ménager sa susceptibilité. Pour s'assurer de sa loyauté.

— Tu es adorable, répondit Ramon avec ironie. Mais tu penses vraiment que je vais prendre des gants pour un idiot dévoré d'ambition ? Rappelle-toi ce que je lui ai dit avant la conférence de presse. Au moindre faux pas, s'il s'avise de te manquer de respect par exemple, je le renvoie, sur-le-champ. Ou si je le soupçonne d'être à l'origine de rumeurs malsaines.

Soudain, il se demanda pourquoi Isidora cherchait à protéger Étienne ? Avait-elle encore des sentiments pour lui ?

— Je te défends de lui dire quoi que ce soit, reprit-il, impitoyable. Personne ne sera au courant de la vérité à part mon frère et mes sœurs. Sinon, la nouvelle se répandrait comme une traînée de poudre et le harcèlement reprendrait contre Trella.

— Très bien, murmura-t-elle en baissant la tête. Mais je veux au moins prévenir mon père.

— Non.

— Si, Ramon ! insista-t-elle avec une véhémence qui le surprit. Il se doutera forcément de quelque chose et attendra une confirmation. Pour le convaincre tout à fait, il faudrait que tu lui demandes ma main dans les formes, or c'est hors de question. C'était déjà assez dur de...

Cramoisie, elle s'interrompit. Ramon fut pris de remords. Il n'aurait jamais dû dire publiquement qu'il l'aimait. C'était manquer de respect à Bernardo, ce vieil ami de son père qui les avait toujours si bien conseillés, Henri et lui.

— Je lui parlerai, promit-il.

— Merci.

— Bien. À présent, au travail !

Il retourna à son bureau pour actionner la commande d'ouverture de la porte et demander à son assistante de convoquer les cadres dans la salle de réunion. Isidora s'attardait, l'air indécis.

— Tu n'as plus envie de partir ? ironisa Ramon. Appelle Julie. C'est elle qui gère le calendrier de mes compétitions automobiles. Dis-lui de fixer une date pour fêter mon départ et d'organiser la réception à Monaco. Ensuite, rejoins-nous à la réunion.

— D'accord.

Elle hésita, puis se lança :

— Je veux juste que tout soit bien clair entre nous : plus de démonstrations déplacées comme aujourd'hui.

— Il s'agit d'une mise en scène. Si nous voulons convaincre, il en faudra d'autres.

— Le moins possible, alors. Et je ne coucherai pas avec toi.

Ramon leva les yeux au ciel. *¡Dios!* Il s'était enchaîné à la seule femme qui lui était et demeurerait inaccessible.

En même temps, étant donné la force de l'émotion qu'elle avait libérée tout à l'heure, il valait mieux garder une distance prudente.

— Je ne te l'ai pas proposé, dit-il sèchement.

Écarlate, elle tourna les talons et sortit en claquant la porte.

4.

Avec les Sauveterre, il n'était pas question d'émettre la moindre suggestion, le plus léger doute. Il fallait obéir les yeux fermés. Arpentant la salle à grands pas, Ramon menait la réunion tambour battant. Un sourire figé sur les lèvres, Isidora le laissait prendre possession de sa vie. De temps à autre, il s'arrêtait derrière elle pour donner l'illusion de la consulter :

— Tu es d'accord, *mi amor* ?

— Bien sûr, *cariño*, murmurait-elle avec une expression ravie.

Intérieurement pourtant, elle se sentait perdue, désemparée.

Les explications que Ramon lui avaient données pour expliquer sa présence chez sa mère ce fameux petit matin qui l'avait tant bouleversée modifiaient la situation du tout au tout. D'abord, elle était soulagée au dernier degré. Dans le même temps toutefois, la rancune qui la protégeait sans qu'elle s'en rende compte avait brusquement disparu. Du coup, elle redevenait vulnérable et hyper sensible au charme de Ramon Sauveterre.

Pourquoi était-elle aussi fragile ? À l'instar de son père, elle ne savait pas se protéger.

Depuis toujours Ramon la repoussait. De ce côté-là, rien n'avait changé. Son indifférence avait, au fil des années, largement entamé l'estime qu'elle avait d'elle. Il avait fallu beaucoup d'efforts, de voyages et de succès universitaires pour lui redonner confiance en elle. Quelques flirts avaient aussi contribué à redorer son image, même si elle n'avait aucun besoin d'un homme dans sa vie — son travail la comblait.

Pourtant, il avait suffi de quelques mots et tout avait basculé. Elle se retrouvait dans la peau d'une adolescente maladroite, aux prises avec un complexe d'infériorité.

Elle serra les poings sous la grande table de réunion, décidée à se rebeller ; il en allait de sa santé mentale. Elle avait appris à composer un personnage en pleine possession de ses moyens, professionnellement en tout cas. Elle saurait se montrer aussi froide et imperturbable que Ramon.

À la fin de la réunion, il lui tint galamment sa chaise. Elle inclina la tête, faisant un énorme effort pour ne rien trahir de son tumulte intérieur.

— Tu as été parfait, souffla-t-elle en passant devant lui.

Il l'arrêta d'une main sur sa hanche.

— Il faut fêter cela, murmura-t-il.

Elle se mit à trembler malgré elle. *C'est du cinéma*, se dit-elle pour résister au trouble qui montait. À son contact, un frémissement courut le long de sa cuisse. Après tout, peu importait si elle rougissait puisqu'elle était censée être amoureuse. Elle s'autorisa un sourire ému.

Une lueur brilla dans les yeux de Ramon, excitante et terrifiante en même temps. Il posa l'autre main sur sa taille en l'agrippant fermement. Puis son regard se porta sur sa bouche. Ses lèvres la picotèrent tandis que son cœur battait plus fort au souvenir de leur baiser.

« Je ne te l'ai pas proposé », avait-il répondu lorsqu'elle avait évoqué la question des relations sexuelles entre eux.

Autrefois, elle lui avait donné son cœur sans réserve, dans toute l'innocence de son jeune âge. Il n'était pas question de subir une nouvelle humiliation.

Les collègues et chefs de service partaient en glissant des regards égrillards dans leur direction, mais

Isidora s'en moquait éperdument. Elle résisterait. Rien ne l'atteindrait, surtout pas le ridicule.

— Restons discrets sur le lieu de travail, *hermoso*, dit-elle en se détournant. Inutile d'embarrasser les gens. Je vais m'occuper de réserver une table pour le dîner.

Il la retint.

— Je m'en charge.

— Tu vas demander à Monique, j'imagine ? lança-t-elle avec une moue boudeuse, comme si elle prenait son rôle au sérieux.

— Non, je vais le faire moi-même, insista-t-il avec l'arrogance du prédateur. 19 heures ?

— C'est parfait.

Elle se dégagea et, cette fois-ci, il la lâcha. Gagnée par une déception stupide, elle comprit que la bataille serait rude.

Après s'être coiffée et maquillée, Isidora mit la robe que sa mère lui avait offerte pour son anniversaire, pendant leur dernière séance de shopping. Seule, elle n'aurait même pas osé l'essayer, mais Francisca avait beaucoup insisté.

— Tu as une silhouette parfaite, *mi angel*. Mets-la en valeur.

C'était une robe de cocktail avec un bustier ajusté, formé de bandes de satin doré qui dénudaient entièrement ses épaules et exposaient un large triangle de peau au-dessus de la taille.

— Je m'habille surtout pour aller au bureau, *mama*, avait protesté Isidora.

— Tu travailles trop. Amuse-toi davantage ! Profite de ta jeunesse. Vis ta vie avec *entusiasmo* !

Francisca avait complété l'achat dispendieux avec une paire de talons aiguilles assortis. Cette riche héritière avait grandi dans le luxe, mais sans discipline, et surtout sans amour. Ce cadeau ne lui coûtait rien en comparaison de ce qu'elle dépensait pour sa toilette. Isidora l'avait accepté sans remords, convaincue cependant que le vêtement resterait sur un cintre dans son armoire. Elle n'avait pas l'habitude de porter des jupes aussi courtes. Par réaction contre les excentricités maternelles, elle s'en tenait à un style infiniment plus conventionnel. Elle n'aimait pas attirer les regards masculins et ne voulait surtout pas ressembler à sa mère.

Elle fut prise de panique en voyant son reflet dans la glace, mais le temps lui manquait pour se changer. Craignant d'être en retard, elle referma la porte de son appartement et descendit les deux étages.

En arrivant dans le hall, au rez-de-chaussée, elle aperçut soudain une centaine de personnes rassemblées à l'extérieur de l'immeuble. Dès qu'on l'aperçut, une clameur s'éleva. Instinctivement, Isidora recula. À cet instant, une grosse voiture noire se gara le long du trottoir. Le garde du corps de Ramon en sortit et se fraya un passage dans la foule, puis il ouvrit la portière arrière.

Quand Ramon posa pied à terre, un murmure d'approbation l'accueillit. Suprêmement élégant dans un blazer de lin sur un pull bleu, il salua à la cantonade d'un signe de tête.

Saisie d'admiration, Isidora s'approcha à sa rencontre. Des cris joyeux retentirent. Prise de court, elle s'arrêta net. C'était ridicule ! Elle n'était personne, seulement une obscure figurante dans une comédie qui la dépassait. Mais nul n'en savait rien, et curieux et admirateurs se déchaînaient.

Elle força son plus beau sourire sur ses lèvres et agita la main.

Était-ce ainsi qu'il fallait se comporter ? Faire semblant de prendre plaisir à tout ce tapage ? Faire comme si elle était contente d'être applaudie et interpellée à grands cris ?

Tout à coup, elle se raidit. Avait-elle bien entendu ?

46

Dans un coin, un sifflet avait fusé. Un petit groupe se montrait agressif. Ces supporters du Ramon Sauveterre pilote automobile l'accusaient de leur voler leur champion préféré.

L'humeur de la foule changea. Il y eut une bousculade. Isidora continua à avancer, mais aucune barrière ne la protégeait de la cohue. Une femme s'interposa en hurlant et protesta agressivement quand on la refoula. Isidora sursauta, apeurée de se retrouver face à un inconnu vociférant. Elle ne pouvait plus ni reculer pour regagner l'entrée de son immeuble ni franchir l'espace qui la séparait de Ramon.

Paniquée, elle sentit qu'on la tirait par le bras et perdit l'équilibre. Elle trébucha sur le trottoir, les mains tendues en avant.

Ramon ne fut pas surpris de découvrir un rassemblement devant chez Isidora. Chaque fois qu'on lui connaissait une nouvelle maîtresse, ses fans et les paparazzis essayaient de prendre des photos. Généralement, les femmes adoraient cette soudaine notoriété.

Il voulait sonner à la porte d'Isidora pour lui servir d'escorte jusqu'à la voiture, mais elle l'avait devancé. Il arriva juste au moment où elle sortait de l'immeuble et s'immobilisait, stupéfaite, devant l'attroupement.

Il se figea lui aussi, frappé d'admiration. Elle ressemblait à une statuette de bronze poli, fine et délicate. Ses boucles auburn voletaient sur ses épaules. Ses longues jambes fuselées au galbe parfait le fascinaient.

Son estomac se noua, comme dans la salle de réunion un peu plus tôt, lorsqu'il avait tenté de la retenir et qu'elle avait tourné vers lui son beau visage juste avant de le repousser. À cet instant, et l'espace de quelques secondes, il s'était réchauffé à son sourire lumineux. Quelque chose au fond de lui avait cédé. Il aurait aimé l'embrasser, longuement, passionnément, jusqu'à la satiété complète.

Il avait envie de lui faire l'amour. À elle il pouvait mentir et prétendre que c'était faux, mais pas à lui-même. D'ailleurs, quel homme aurait résisté à sa beauté à couper le souffle ?

Un désir violent, tel qu'il n'en avait jamais connu, se cristallisa en lui, infiniment plus puissant qu'une simple pulsion sexuelle. Son corps réclamait l'assouvissement avec *cette femme* en particulier, pas une autre. Il avait besoin de la conquérir, de la soumettre. Il s'en trouvait paralysé.

Soudain, la foule se fit menaçante. Il n'avait jamais été témoin de ce genre d'incident. Quelques-unes de ses fans manifestaient parfois leur jalousie sur les réseaux sociaux, mais aucune de ses maîtresses n'avait jamais été agressée. Or, là, sous ses yeux, l'excitation et la curiosité se muaient en hostilité ouverte. Poussée de droite et de gauche, malmenée, Isidora tomba à terre.

Il réagit à toute vitesse, sans doute grâce aux réflexes qu'il avait développés sur les circuits et exercés par un entraînement intensif.

— Écartez-vous ou je vous tue tous, hurla-t-il en jouant des coudes brutalement pour se frayer un passage.

Il ne se reconnaissait plus. Littéralement hors de lui, possédé, il parvint à Isidora et la souleva dans ses bras. Oscar, son garde du corps, protégea leur retraite jusqu'à la voiture. Il s'engouffra à l'intérieur en se jetant sur la banquette arrière avec Isidora et verrouilla immédiatement les portières. Oscar se glissa à côté du chauffeur.

— Tu vas bien, Isidora ? demanda-t-il.

Pâle comme un linge, elle tremblait. Elle hocha la tête de manière affirmative. Le chauffeur klaxonna plusieurs fois en guise d'avertissement et démarra en trombe.

— Qu'est-ce que c'est que cette émeute ? lança Ramon à Oscar.

— Je n'en ai pas la moindre idée…, répondit le garde du corps.

— Ils sont furieux que tu abandonnes la compétition pour moi, expliqua Isidora.

— *¿Qué?*

Ramon ne comprenait pas, ne concevait pas une telle hypothèse. Isidora se frotta nerveusement la joue tout en jetant un regard inquiet par la lunette arrière.

— Certains de tes fans ont jugé très romantique ta demande en mariage, mais d'autres m'accusent de pousser à la retraite leur champion préféré.

— Pourquoi ne m'as-tu pas averti ?

— J'ai commencé à voir circuler des commentaires sur le web juste avant de partir. Je comptais t'en parler ce soir.

Elle avait les traits tirés et la voix bouleversée.

— Il est d'usage de déclencher le protocole en cas de menaces sur la sécurité des personnes, lui reprocha-t-il.

— Quand il s'agit de toi, de ton frère ou de tes sœurs. Comme il n'était pas question de vous, je…

— Eh bien tu aurais dû, Isidora ! l'interrompit-il avec un geste en direction des deux hommes assis à l'avant. Tu nous as mis en danger, tous autant que nous sommes.

Il sortit son téléphone portable pour contacter le chef du service qui assurait la sécurité des Sauveterre.

— Il faut mettre en place un dispositif complet pour Isidora Garcia, ordonna-t-il. Le même que pour mes sœurs.

Une équipe fut aussitôt envoyée au restaurant, et on lui promit que tout serait opérationnel dès le lendemain matin.

— Il ne faut pas dramatiser, murmura Isidora.

— On n'est jamais sûr de rien, rétorqua-t-il, encore sous le choc. Rappelle-toi l'enlèvement de Trella. Le pire aurait pu se produire. Ce soir aussi. Tu as failli être piétinée, ou écrasée par une voiture. Cela aurait pu très mal tourner. Tu aurais dû m'avertir.

Blême, le menton tremblant, elle se renfonça contre le dossier de son siège. Les larmes aux yeux, elle serra les jambes et croisa les bras en enfonçant les ongles dans ses coudes.

— Tu as bien raison d'avoir peur ! tonna-t-il.

Elle le détestait tellement… Néanmoins, Isidora se jura qu'elle ne pleurerait pas à cause de lui.

— À qui la faute s'ils me haïssent ? s'écria-t-elle, la gorge nouée. *La tienne.*

— Comme si je ne le savais pas ! hurla Ramon.

Surpris, le chauffeur fit une embardée. Étouffant un juron, Ramon se pencha pour fermer la vitre de séparation.

— Voilà pourquoi je suis un individu abominable, reprit-il d'une voix calme. Pourquoi je ne transige pas et ne serai jamais l'homme que tu as envie que je sois.

Il frappa des poings sur ses cuisses et poursuivit sur un ton de vaincu, tout à fait inhabituel chez lui :

— Je ne pourrais jamais demander à aucune femme de supporter cela pendant une vie entière.

Ton frère l'a fait, faillit-elle protester. Mais elle se tut. Henri et Cinnia avaient rompu et s'étaient seulement réconciliés quand la grossesse de Cinnia avait commencé à se voir. Sinon, Henri ne se serait probablement jamais marié. Isidora le soupçonnait d'ailleurs de se réjouir secrètement de ce rebondissement inespéré. Il avait annoncé la nouvelle avec un plaisir manifeste, alors que Ramon continuait à afficher une grande indifférence. Les yeux fixés droit devant, il montrait un profil sévère, intransigeant.

— Je suis désolée, dit-elle à mi-voix.

— J'accepte tes excuses.

Elle se détourna vers la vitre, en s'empêchant de respirer par le nez de peur de renifler trop fort.

En attendant Isidora devant les toilettes pour dames du Makricosta Elite, Ramon était encore plus tendu qu'avant une course.

Avec sa demande en mariage, il mettait la jeune femme en danger.

À l'âge de quinze ans, après l'enlèvement de Trella (qui s'était heureusement bien terminé), son frère et lui avaient tacitement conclu un accord : ni l'un ni l'autre ne s'engagerait dans une relation sentimentale durable. Pour une femme, le seul fait de porter le nom de Sauveterre constituait une menace. La grossesse accidentelle de Cinnia avait contraint Henri à changer d'avis, un mal pour un bien puisqu'il était amoureux d'elle depuis leur rencontre.

Ramon, lui, se méfiait des sentiments. Il s'était engagé à protéger les siens, et cette responsabilité le vouait au célibat. En outre, malgré l'immense fortune qui lui aurait permis d'offrir une existence de rêve à l'élue de son cœur, il n'aurait pas supporté le stress émotionnel correspondant. Il aurait vécu dans la terreur constante que sa femme ou un de ses enfants subisse le même drame que Trella. Détestant se sentir vulnérable, il ne s'attachait pas. Même ses relations sexuelles étaient dénuées d'affection.

Sa déclaration à Isidora n'avait été qu'une mise en scène ; romantique certes, mais de façade. Il avait vaguement pensé qu'il faudrait prévoir des mesures de sécurité supplémentaires, comme avec ses maîtresses, mais il avait été loin d'imaginer ce climat agressif. Il était pourtant lucide sur la nature humaine. La malveillance et la méchanceté régnaient, partout dans le monde. C'était stupide de ne pas l'avoir anticipé.

La peur qu'il avait eue pour Isidora avait percé sa

cuirasse et ne le quittait pas. Pour s'en libérer, il déversa un torrent d'ordres très secs sur son garde du corps.

— Envoyez une équipe à son appartement. Elle n'y retournera pas. Elle reste avec moi.

Oscar hocha la tête en prenant des notes.

Quand Isidora émergea, des cernes mauves sous les yeux, elle sursauta à sa vue. Aussitôt, elle redressa les épaules.

— Ce n'était pas la peine de rester là. Personne ne va m'agresser ici.

Ramon haussa les sourcils, supris. Il ne lui était même pas venu à l'esprit d'aller s'asseoir. Trella l'avait si souvent supplié de l'attendre devant les toilettes… Parfois, ses crises d'angoisse la paralysaient littéralement.

— Ne tentons pas le diable, on ne sait jamais, répliqua-t-il avec raideur.

Le maître d'hôtel les accueillit avec une déférence cérémonieuse avant de les conduire à la meilleure table, où trônait une bouteille de Dom Pérignon dans un seau à glace, à côté d'un bouquet d'orchidées blanches. En réservant, Ramon avait exigé le service de luxe réservé aux occasions spéciales. Le couvert était mis avec la porcelaine et l'argenterie les plus raffinées, et il y avait de beaux verres en cristal à liseré doré. Des chandelles brûlaient dans de délicats bougeoirs assortis à la nappe.

Isidora avait l'air perdu. Elle avait retouché son maquillage, mais son rouge à lèvres faisait ressortir sa pâleur. Autour d'eux, on commençait à jaser.

— Je plaisantais, grommela Ramon. Je sais que tu ne risquais rien.

— J'avais compris.

Elle semblait au bord des larmes, et il regretta sa brutalité. Il la traitait comme si elle était coupable alors que tout était sa faute à lui. Elle était encore bouleversée, il aurait dû la réconforter au lieu de l'incriminer.

Il la serra contre lui. Elle se raidit. Puis, quand il posa

une main au creux de ses reins, elle posa les paumes sur sa veste de smoking, mais en le touchant à peine. Sa colonne vertébrale était aussi rigide qu'une tige d'acier… Cette résistance n'était pas pour lui déplaire : il aimait relever les défis, surtout quand il s'agissait de séduire une femme.

Néanmoins, ce qui avait pu lui apparaître comme un jeu n'en était pas un. La comédie avait tourné court. Malheureusement, après une déclaration officielle, il était impossible de revenir en arrière. Et il ne pourrait pas non plus reprendre la compétition automobile. Isidora aurait besoin de sa protection au moins pendant quelques mois. Il ne leur restait plus qu'à jouer leurs rôles le mieux possible, en espérant se montrer convaincants, se dit-il en s'asseyant en face de sa compagne.

— Finissons-en, murmura-t-il en cherchant un écrin dans sa poche.

L'exclamation désenchantée d'Isidora le frappa de plein fouet, dans une région obscure de son être, et lui ôta de sa belle assurance. Il hésita presque à lui présenter le gros diamant étincelant serti de topazes qu'il avait choisi avec soin.

— Il est pour toi. Tu le garderas. En remerciement.

Le visage de porcelaine de la jeune femme ne trahissait aucune émotion. Seul un léger frémissement l'agita quand Ramon passa la bague à son doigt.

— Elle ne te plaît pas ? demanda-t-il, inexplicablement déçu.

D'habitude, les femmes adoraient qu'on leur offre des bijoux.

— Elle est magnifique, l'assura-t-elle d'une voix étranglée.

Elle cilla plusieurs fois avant de le regarder, avec des yeux remplis de désillusion, exactement comme le matin où il l'avait croisée en sortant de chez sa mère, des années auparavant.

— Ce sont les fiançailles de mes rêves, ajouta-t-elle.

Un regret acide perçait sous l'ironie mordante. Il accusa le coup.

— Personne n'aurait su me faire autant plaisir, reprit-elle avec un sourire glacial, aussi dur que le diamant qu'elle arborait désormais. Merci.

Quelque chose se recroquevilla au fond de lui.

Isidora prononça à peine quelques mots pendant tout le temps que dura le dîner.

— Tu plaisantes ? s'exclama Isidora. Je ne vais certainement pas m'installer chez toi !

Dans la voiture, Ramon venait de lui expliquer la situation : il souhaitait qu'elle emménage dans son appartement pendant la durée de leurs fiançailles. Décidément, tout allait de mal en pis.

Au cours du dîner, des convives n'avaient cessé de les importuner pour prendre des selfies avec eux. Ils n'avaient protesté ni l'un ni l'autre. Cela leur évitait de se parler. Mais Isidora ne tenait pas à en rester là.

— Pour combien de temps t'es-tu attaché mes services avec ce bijou ? avait-elle attaqué à peine assise sur la banquette arrière, en agitant sa bague.

— Aussi longtemps que j'aurai besoin.

Dans la pénombre, il était impossible de déchiffrer l'expression de Ramon. Brusquement, l'air se chargea d'électricité. Les battements de son cœur résonnaient à ses oreilles et l'habitacle pourtant spacieux semblait tout à coup trop petit. Elle étouffait.

Pendant que le silence s'éternisait, une peur étrange l'envahit.

Qu'il essaye seulement de dire qu'elle lui appartenait parce qu'il l'avait achetée. Qu'il s'avise de la toucher, il s'en mordrait les doigts. Elle lui arracherait les yeux.

Isidora n'était pourtant pas certaine d'analyser correctement les raisons de son angoisse sourde. En réalité, si Ramon se montrait entreprenant, elle craignait de ne pas le repousser. Elle y prendrait même plaisir, sans doute…

— Tu ne serais pas en sûreté chez toi, lança-t-il soudain. Mon équipe a vidé ton appartement et embarqué toutes tes affaires sans le moindre problème. Cela en dit long sur le niveau de sécurité qui t'entoure.

D'un air méprisant, sans afficher le moindre remords, il retourna à l'écran de son téléphone. Redoutait-elle par-dessus tout qu'il ne la touche plus jamais, se demanda Isidora. Sa gorge se serra douloureusement. Tout en refoulant une abominable sensation de rejet, elle se raccrocha à la colère. Comment pouvait-il être aussi désinvolte ?

— Alors il n'y a plus rien chez moi ? J'ai presque envie de porter plainte.

Le bruit d'un scooter roulant à côté d'eux lui fit reconsidérer les choses. Assis à l'arrière, un paparazzi essayait de prendre une photo à travers les vitres teintées. Oui, désormais, elle avait besoin de la protection de Ramon.

Mais comprenait-il à quel point elle avait souffert à cause de lui, aujourd'hui ? Surtout lorsqu'il s'était moqué ouvertement de ses rêves de jeunesse en disant : « Finissons-en ! »

— Je pourrais loger chez tes sœurs…

— Mon appartement est très grand, coupa-t-il. Tu ne seras pas obligée de me voir si tu n'en as pas envie.

Parmi les six chambres, Isidora choisit la plus éloignée de celle de Ramon, tout à l'autre bout de l'appartement. Au cours de la semaine qui suivit son installation, elle se contenta de communiquer avec lui par textos et prit soin de l'éviter au petit déjeuner.

Le matin, elle faisait malgré tout le trajet dans sa voiture, mais restait confinée dans son bureau toute la journée. Ramon s'occupait de la restructuration de sa société ; de son côté, elle gérait l'organisation des différents événements autour de leurs fiançailles ainsi que la communication. Comme ils travaillaient tard, ils déclinèrent les invitations. Le soir, quand ils rentraient, la gouvernante avait préparé le dîner. Même alors, Isidora préférait ne pas manger avec Ramon et s'isoler dans la cuisine.

Elle avait conscience de se comporter de façon puérile, mais chaque instant passé en sa compagnie la mettait au supplice. Lorsqu'elle devait jouer son rôle en public, par exemple passer un bras sous le sien ou se hisser sur la pointe des pieds pour l'embrasser sur la joue, elle avait l'impression qu'on lisait en elle comme dans un livre ouvert. Elle se sentait abominablement gauche et prévisible.

Parfois, un trouble immense la gagnait quand elle sentait son eau de toilette ou que sa barbe naissante lui picotait les lèvres. Elle avait alors beaucoup de mal à ne pas prolonger le contact. Elle avait surtout terriblement peur qu'il s'en rende compte…

Quand elle se retrouvait seule avec lui, sa désapprobation muette la vexait. S'il l'ignorait, elle se sentait encore plus mortifiée. Elle avait l'impression d'être sans défense et au bord de l'épuisement.

À Monaco, pour la réception qui marquerait la fin de sa carrière de pilote, ce serait pire : non seulement elle subirait sa présence continue, mais elle serait bien obligée d'accepter ses démonstrations d'affection lors de leur apparition en public à la soirée.

Le moment venu, en voyant où ils étaient logés, elle se demanda comment elle allait survivre. Le pied-à-terre de Ramon, dans le prestigieux quartier du Carré d'or, occupait le dernier étage d'un ancien palace. Les cloisons entre les pièces mansardées, basses de plafond, avaient été abattues pour créer un vaste espace, très aéré et lumineux. Les terrasses donnaient directement sur la mer et une grande partie du tracé urbain du Grand Prix.

En d'autres circonstances, Isidora aurait été charmée au-delà des mots, mais il n'y avait qu'une chambre à coucher. *Avec un seul lit.*

— Je ne reste pas là, déclara-t-elle après le départ du chauffeur, qui avait monté leurs bagages.

Ramon leva les yeux de son portable. C'était tout juste s'il semblait se rendre compte de sa présence, alors qu'elle avait une conscience aiguë de lui.

— Pourquoi dis-tu cela ? demanda-t-il distraitement.

Sa chemise à col ouvert faisait ressortir sa large carrure d'athlète, et son pantalon sur mesure, au pli marqué, tombait parfaitement sur ses chaussures italiennes bien lustrées. Il était toujours rasé de près, mais ce jour-là une barbe naissante bleuissait ses mâchoires, accentuant sa virilité. Ses magnifiques yeux gris-vert exerçaient toujours sur elle une extraordinaire fascination.

— Parce qu'il n'y a qu'un lit.

Elle glissa un regard en direction du canapé.

— C'est là que tu amènes tes groupies après les courses ? reprit-elle en rougissant.

Il ne daigna même pas relever.

— Nous ne passons qu'une nuit ici, énonça-t-il sèchement. L'immeuble est sûr et mes gardes du corps connaissent bien le quartier. Il n'est donc pas question d'aller ailleurs. Tu peux dormir sur le canapé si tu ne veux pas partager le lit.

Puis il retourna tranquillement à la lecture de ses messages.

Comment pouvait-on vivre avec le souci constant de sa sécurité ? s'interrogea Isidora, perplexe. À la longue, ce devait être insupportable et complètement oppressant. Malgré tout, elle préférait se sentir protégée. La situation n'avait pas empiré, cependant elle continuait à recevoir des menaces.

Donc, elle était mieux ici — et pourquoi pas dans le lit de Ramon… ? De toute manière, pour l'attention qu'il lui prêtait, elle n'avait rien à craindre.

Avec un soupir résigné, elle ouvrit sa valise, sortit sa trousse à maquillage et s'enferma dans la salle de bains. Le lendemain de l'annonce de ses fausses fiançailles, elle avait improvisé une séance de shopping avec les sœurs de Ramon pour étoffer sa garde-robe. Ce soir, elle porterait une combinaison pantalon dos nu vert émeraude. Serait-elle à la hauteur des top-modèles qui paradaient d'habitude au bras de Ramon ? La jet-set comparerait forcément et la jugerait sans indulgence…

Elle boucla avec soin ses cheveux, qu'elle laissa retomber souplement sur ses épaules, puis accrocha à son cou un pendentif qui soulignait son joli décolleté. Combien de fois par le passé avait-elle vainement espéré attirer les regards de Ramon en changeant de coiffure ou en osant un rouge à lèvres éclatant ? Elle ne voulait pas redevenir cette petite jeune fille trop avide d'attention et chaque fois déçue…

Quand, enfin prête, elle sortit de la chambre et rejoignit Ramon dans le salon, il referma son journal. Il enfila un blazer bleu marine sur sa chemise gris perle. Puis elle le vit s'immobiliser pour la détailler des pieds à la tête.

Dans le silence qui s'éternisait, on n'entendait que le bruit de la circulation, en contrebas. Isidora se gratta la gorge nerveusement et virevolta sur elle-même, plus pour se donner une contenance que pour se faire admirer.

Ressaisis-toi, s'admonesta-t-elle.

— Je suis sortable ? lança-t-elle à voix haute. Ce sont tes sœurs qui m'ont conseillée.

— Tu es très belle.

— Ne te crois pas obligé d'être poli, répliqua-t-elle, touchée pourtant par ce commentaire inattendu. C'est-à-dire… je n'ai pas besoin de flatterie. Tu m'as toujours considérée comme un épouvantail. Mes efforts de ce soir ne sont pas pour toi mais pour les photographes.

Elle attrapa sa petite veste noire et tressaillit quand Ramon s'approcha pour l'aider. Il sentait divinement bon.

— Je t'ai toujours trouvée très belle.

Malgré son apparente sincérité, elle n'en crut pas un mot.

— Garde tes compliments pour une autre.

Il plissa les yeux.

— Il est temps que tu oublies tes rancœurs, Isidora. La vie est trop courte.

— Je fais déjà tout ce que tu me demandes. Que veux-tu d'autre ?

La réserve distante de Ramon le quitta brusquement et une étincelle brilla dans ses yeux d'un vert électrique. Autour d'eux, la lumière se mit à chatoyer tandis qu'une excitation fébrile s'emparait d'elle.

Ramon éprouvait-il la même attirance ? Résistait-il, comme elle, à l'alchimie presque tangible qui les poussait l'un vers l'autre ?

Cet homme d'une puissance formidable avait beaucoup d'emprise sur elle. Pourtant, en ce moment précis, elle ne se sentait pas du tout vulnérable, mais étrangement exaltée. Dans le même temps, la force de son désir l'effrayait.

— Repose-moi la question quand tu seras vraiment prête à entendre ma réponse, murmura-t-il.

À ces mots, avec une expression indéchiffrable, il se dirigea nonchalamment vers la porte, qu'il ouvrit en l'invitant à le suivre.

5.

La réception qui marquait la fin de sa carrière sportive avait lieu sur le toit en terrasse d'un casino. Un orchestre jouait les derniers airs à la mode et une énorme boule disco renvoyait des taches de lumière multicolores sur les colonnes recouvertes de miroirs qui séparaient des alcôves tendues de velours. Les invités — quelques amis proches et surtout des connaissances — profitaient joyeusement des boissons à volonté, dansaient sur la piste bondée ou s'adonnaient au jeu dans une salle adjacente. Pour cet hommage au monde de la course automobile, on avait dépensé sans compter.

Ramon, l'extraverti de la famille, adorait les fêtes. Or, ce soir, il n'arrivait pas à se détendre et à s'amuser. Ici, personne n'en voulait à Isidora. On l'admirait au contraire d'avoir conquis le cœur d'un célibataire endurci, et les concurrents habituels de Ramon Sauveterre sur les circuits se félicitaient d'être débarrassés d'un rival redoutable.

Ils ne se doutaient pas qu'en réalité sa fiancée d'opérette le détestait.

La colère d'Isidora était légitime. On l'avait agressée à cause de lui, qui avait tourné en ridicule ses rêves d'adolescente. Il lui avait forcé la main d'une manière éhontée pour lui imposer, sous le couvert d'une obligation professionnelle, un rôle qui lui répugnait. Elle lui avait clairement signifié qu'elle voulait le moins de contact possible avec lui. Il gardait donc ses distances.

Mais l'hostilité constante de la jeune femme depuis l'annonce de leurs fiançailles l'irritait.

Il l'avait installée chez lui, dans son espace privé, ce qu'il n'avait jamais encore fait de sa vie avec une femme. Elle lui en gardait toutefois rancune et l'évitait constamment, au point de quitter une pièce lorsqu'il y entrait. Au bureau, elle s'en tenait à un comportement strictement professionnel. Dès qu'il la prenait par le bras ou posait la main dans son dos, elle se raidissait. Elle n'acceptait même pas les compliments.

Intraitable, Ramon était néanmoins capable d'aimer. Il s'inquiétait pour sa famille, particulièrement pour ses nièces qui venaient de naître ; c'était justement pour elles qu'il avait pris ses dernières décisions. Mais en dehors de son entourage proche, il ne se souciait guère des gens.

Alors pourquoi l'animosité d'Isidora le perturbait-elle à ce point ? s'était-il demandé tous ces derniers jours.

La réponse, évidente, lui avait sauté aux yeux au moment où ils avaient quitté sa garçonnière pour venir ici. *À cause de la tension sexuelle.*

Isidora s'était trahie en révélant, très fugacement, l'attirance qu'elle éprouvait encore pour lui. Étant donné leur histoire commune, c'était tout à fait émouvant.

Néanmoins, il ne pouvait pas traiter cela à la légère. Toute la semaine, il n'avait cessé de penser à elle. Ce n'était pas nouveau, mais maintenant qu'elle était adulte et qu'il la côtoyait au quotidien, il lui était impossible d'ignorer la superbe créature qu'elle était devenue. Elle avait beau porter des petits tailleurs stricts et marmonner toutes sortes de commentaires désagréables, cela ne faisait qu'exciter son intérêt.

Tout à l'heure, quand elle était apparue sur le seuil du salon, ultra-féminine et sophistiquée, il avait eu l'impression de recevoir un coup de poignard en pleine poitrine. Elle était délectable. D'ailleurs, ce soir, tous les regards masculins se braquaient sur elle. Son ami Kiergen

Jensen, le célèbre coureur de formule 1, la contemplait sans cacher son admiration pendant qu'elle dansait avec son coéquipier chez Ferrari.

Elle avait de grands yeux ingénus qui donnaient envie de la protéger. Comme Francisca, sa mère. Et elle avait hérité de son père une empathie naturelle qui attirait l'amitié et les confidences. Si on ajoutait à cela son sens de l'humour, son esprit de repartie et son sourire à toute épreuve, elle était irrésistible.

Néanmoins, elle ne recherchait pas l'attention et restait modeste, ce qui ajoutait encore à son charme. Ramon se dit qu'il avait finalement de la chance d'être avec elle...

— Elle pourrait me demander n'importe quoi, lui lança Kiergen.

— Hé !

Ramon rappela son ami à l'ordre en secouant la tête. Il n'avait pas l'habitude d'exprimer ses émotions et se retranchait généralement dans une indifférence empreinte de froideur. Toutefois, il était devenu très susceptible au sujet d'Isidora. D'une seule question innocente : « Que veux-tu d'autre ? », elle avait déchaîné en lui un désir insoupçonné.

Il aurait pu dresser une liste infinie de tout ce qui lui faisait envie — pour commencer, un baiser de ses lèvres pulpeuses.

Que se serait-il produit si elle ne s'était pas réfugiée derrière l'agressivité qu'elle brandissait comme une arme ? Hum... Sans doute seraient-ils restés chez lui, dans sa chambre...

Quand elle les rejoignit à la fin de la danse, Kiergen lui tendit un petit gadget, un porte-clés avec le logo de Ferrari, un petit cheval cabré.

— Pour votre père, dit-il.

Quand Ramon avait présenté son ami à Isidora, celle-ci s'était comportée comme une fan et lui avait raconté qu'elle avait suivi très tôt toutes ses courses avec son père. Très narcissique, Kiergen s'était rengorgé comme un petit coq.

— J'aurais préféré un selfie, mais merci quand même, répondit Isidora en souriant gentiment.

— L'un n'empêche pas l'autre, répliqua Kiergen.

Il passa un bras autour de ses épaules pendant qu'elle prenait la photo. Il ne la lâcha pas tout de suite, nota Ramon, dépité.

— Maintenant, ajouta Kiergen en lui faisant un clin d'œil, vous allez me dire quelque chose, Isidora : avez-vous déjà embrassé Henri ?

Une expression choquée sur le visage, elle s'écarta vivement.

— Pardon ?

Sachant très bien ce qui allait suivre, Ramon se hérissa. Il lança un regard d'avertissement à son ami. Celui-ci n'en tint aucun compte et raconta l'anecdote qui était devenue une petite légende dans leur entourage.

Tout au début de leur relation, Henri avait emmené Cinnia voir une course automobile. Le lendemain matin, au petit déjeuner, Henri s'était absenté pour répondre à un coup de fil. Jusque-là, les deux frères n'avaient vécu que des aventures sans lendemain, et Ramon était intrigué par la métamorphose survenue chez son jumeau. Galvanisé par sa victoire de la veille, il s'était par plaisanterie fait passer pour Henri : il s'était glissé derrière Cinnia et l'avait prise par les épaules pour l'embrasser. Peut-être avait-il voulu tester la sincérité de Cinnia, il n'avait jamais su expliquer pourquoi il avait agi ainsi.

— Nous pensions tous que c'était Henri, dit Kiergen. Et Cinnia aussi l'a cru, l'espace d'une seconde. Mais juste avant que Ramon l'embrasse, elle a bondi en poussant un cri strident. J'ai bien cru qu'elle allait le frapper. Henri est arrivé en courant, prêt à la défendre. L'expression de Ramon était du plus haut comique. Il était persuadé que Cinnia n'y verrait que du feu. Nous nous sommes tous laissé prendre.

Kiergen en riait encore deux ans plus tard. Isidora esquissa un sourire poli en secouant la tête.

— Non, je ne connaissais pas cette histoire. Pauvre Cinnia…

— Heureux Henri ! répliqua Kiergen. Et vous, avez-vous passé le test ? L'avez-vous réussi ?

— Je m'en dispenserai ! En plus, Cinnia me maudirait.

— Vous avez sans doute raison, commenta Kiergen d'un ton déçu.

Il s'éloigna bientôt, et Ramon se retrouva seul avec Isidora pour la première fois de la soirée. Elle sirotait son verre tout en battant la mesure du pied.

— Je l'ai fait, pourtant, dit-elle, rêveuse, au bout d'un moment.

— Quoi donc ?

— J'ai embrassé Henri.

Isidora se dit qu'elle devrait boire de l'eau, à présent. Danser lui donnait soif, et elle en était à son troisième gin tonic. Ou était-ce le quatrième ? Si elle n'arrivait plus à compter, c'était mauvais signe… Il fallait aussi qu'elle cesse de provoquer Ramon.

Il pensait sans doute la même chose, car il surgit soudain à son côté et lui prit son verre. Il la tira alors par le coude un peu plus loin, derrière une tenture épaisse. Ils se retrouvèrent dans un coin sombre, une sorte de réduit où on rangeait des chaises.

— Que… Où… ? bredouilla Isidora, décontenancée par cette attitude d'homme des cavernes.

— Quand ? questionna Ramon d'une voix sévère.

Machinalement, elle posa les mains sur son large torse. Seigneur… Elle sentait les battements de son cœur sous ses doigts.

— Isidora. Quand as-tu embrassé Henri ?

Elle renouvela sa tentative pour le repousser. En vain. Au lieu de la lâcher, il raffermit son étreinte.

— Dis-le-moi, souffla-t-il à son oreille.

Un frisson lui chatouilla le cou et descendit le long de sa colonne vertébrale.

— Je ne sais plus.

Étourdie par son odeur, elle n'arrivait plus à penser. Depuis le moment de grand trouble qui l'avait déstabilisée plus tôt dans la soirée, à l'appartement, une question tournait sans répit dans sa tête : avait-elle imaginé l'éclair de désir qu'elle avait lu dans les yeux de Ramon ?

« Je t'ai toujours trouvée très belle », avait-il affirmé. Quel menteur ! Il n'avait jamais fait attention à elle.

Ou alors… Serait-il possible qu'elle se trompe ?

— Depuis qu'il est avec Cinnia ?

— Non ! Bien avant. J'étais allée voir Trella à Sus Brazos.

Elle rejeta la tête en arrière. Dans la pénombre, il était presque impossible de voir l'expression de Ramon.

— Je n'étais pas encore à l'université, précisa-t-elle.

— Tu es sérieuse ? s'écria-t-il en crispant les doigts sur ses bras. Et il t'a embrassée, ou c'est toi ?

C'était lui, Ramon, qu'elle voulait embrasser. Oh ! si seulement elle n'avait pas autant bu. Ses défenses l'abandonnaient. Son corps vacillait. Elle avait envie de se frotter contre lui. Finalement, elle était comme sa mère. Pour couronner le tout, dans son for intérieur, malgré les leçons de morale et les remontrances qu'elle s'infligeait sans répit, elle voulait croire qu'il partageait son désir. Et elle voulait le lui prouver, le mettre à genoux tel un adorateur éperdu.

— Quelle importance ? murmura-t-elle contre sa joue.

Les doigts de Ramon desserrèrent très légèrement leur étreinte. Pourvu qu'il ne la lâche pas ! Elle aimait trop se sentir sa prisonnière…

— Quel âge avais-tu exactement ?

Elle ne résista pas au plaisir de le narguer.

— Seize ans, je crois…

— Alors il en avait vingt-quatre. Je vais le tuer !

Sa colère la ravit.

— Calme-toi, dit-elle. C'était ma faute.

Joignant le geste à la parole, elle expliqua :

— Je l'ai enlacé par le cou, comme cela, en me hissant sur la pointe des pieds.

Elle effleura la bouche de Ramon du bout des lèvres, en se souvenant vaguement du sourire amusé que lui avait opposé Henri. Qui s'était aussitôt écarté.

« Je ne suis pas Ramon, avait-il dit avec douceur. Et je ne lui dirai rien, contrairement à ce que tu espères. Mais merci. C'était très agréable. »

Sa gaminerie n'était pas allée plus loin. Elle avait espéré, un peu sottement, exciter la jalousie de Ramon tout en explorant sa sensualité naissante d'adolescente. Heureusement, la compassion compréhensive d'Henri l'avait sauvée de l'humiliation.

Huit années plus tard, Ramon réagit très différemment, et sans humour. Il écrasa sa bouche presque avec cruauté sur la sienne, et Isidora frissonna de soulagement. Il étanchait enfin une soif qui la tenaillait depuis des années. Elle avait l'impression de déboucher dans une oasis après avoir traversé le désert.

Malgré le danger qu'elle pressentait, elle était incapable de résister. Ramon embrassait avec un art consommé, qui aurait achevé de détruire ses inhibitions si elles n'étaient pas tombées avec l'alcool.

En ce moment précis, elle ne doutait pas de sa beauté. Elle avait même confiance en elle, jusqu'à l'arrogance presque. Plusieurs hommes l'avaient complimentée. Elle avait croisé des regards concupiscents…

Elle agrippa la chemise de Ramon et l'attira plus près, en se frottant contre lui. Avec un gémissement sourd, elle enfonça la langue dans sa bouche en arquant les reins. Leur baiser devint plus profond, plus passionné. En même temps, ils se balançaient au rythme de la musique en une danse lascive.

Ramon glissa une main dans son décolleté pour caresser ses seins nus tandis que leurs sexes se frottaient l'un contre l'autre avec frénésie — percevoir la dureté de son érection la galvanisait.

Complètement étourdie, dans un état d'excitation intense, Isidora s'abandonna. Si elle avait encore été capable de penser de façon cohérente, elle aurait repoussé Ramon à ce moment-là avec un cri de triomphe : cette démonstration suffisait pour signer sa victoire.

Mais ses sensations, trop fortes, l'hypnotisaient, la mettaient dans une sorte de transe. Elle continua à se déhancher.

Ramon, la gardant contre lui, se recula pour s'asseoir sur une chaise. Elle s'affaissa sur lui à califourchon et se cambra pour lui offrir sa poitrine. Un tourbillon l'emportait, irrésistible. La tête rejetée en arrière, elle ferma les paupières en gémissant.

Quand il se mit à lécher doucement la pointe de ses seins, elle s'arc-bouta davantage et perdit toute notion de temps. Elle avait basculé dans une autre dimension...

Tout en recommençant à lui embrasser la bouche, Ramon lui saisit fermement les hanches pour guider ses mouvements. Dans l'endroit où ils étaient, c'était de l'inconscience de se laisser aller ainsi. Mais ses jambes molles refusaient de la porter. Et elle était folle de lui. Littéralement.

Lui aussi perdait tout self-control. Jusqu'où iraient-ils ?

— Tu aimes cela ? chuchota-t-elle en lui mordillant le lobe de l'oreille.

Elle exulta lorsqu'il étouffa un gémissement rauque.

— Ne t'arrête pas, l'implora-t-il en lui caressant l'entrejambe à travers l'étoffe de la combinaison pantalon.

Malgré tout, elle hésitait. Ne venait-il pas d'admettre qu'elle le tenait à sa merci ? C'était le moment de lui montrer qu'elle était la plus forte. Elle avait remporté la victoire dont elle rêvait. Si elle continuait…

Jusqu'où fallait-il aller ?

Il défit le nœud qui retenait le haut de sa combinaison pantalon. Au contact de l'air frais, un picotement délicieusement érotique courut sur sa peau. Son ventre se creusa. D'instinct, elle accentua le rythme de ses va-et-vient.

Soudain, tout lui échappa. Une explosion jaillit entre ses cuisses. Elle se raccrocha au dossier de la chaise, derrière Ramon, tandis qu'il la maintenait avec fermeté sur lui, l'emmenant toujours plus loin dans l'extase. Ils faisaient pratiquement l'amour tout habillés.

Isidora était vierge, mais n'ignorait pas comment atteindre un orgasme. Elle ne s'était jamais imaginée dans cette situation avec un homme. Pourtant, elle en conçut un plaisir d'une intensité inouïe, presque violent, primitif.

Elle tenta vainement de refermer les jambes, comme pour se replier sur ses sensations voluptueuses. Un sanglot mourut dans sa gorge. Elle se mordit la lèvre, s'efforça de refouler la vague qui montait, mais Ramon, implacable, l'en empêchait. Il accentua ses caresses. Un feu liquide coula en elle et de longs spasmes la secouèrent, dans une explosion joyeuse, multicolore, qu'elle savoura avec délices.

C'était si bon… Si bon.

Mais si solitaire, aussi.

Le rire sec de Ramon la transperça comme un sabre.

Elle se recroquevilla entre ses bras avec un amer sentiment de défaite. Cet homme qui la fascinait depuis trop longtemps avait anéanti les quelques bribes de dignité qu'elle avait réussi à préserver.

Elle venait de vivre l'expérience la plus humiliante de toute son existence.

Et cette flétrissure était irrémédiable…

6.

— Viens ici ! dit Ramon d'une voix rauque à la minute où il referma la porte de son appartement.

Isidora était déjà dans le salon. Il ne se rappelait même pas comment ils étaient rentrés. Il se souvenait vaguement qu'ils étaient sortis par une porte de service en passant par les cuisines pour rejoindre le parking souterrain.

En tout cas, il était enfin seul avec Isidora, dans l'intimité. Cette fois-ci, il allait prendre le temps de la déshabiller. Si seulement elle avait porté une robe du soir… Mais cette maudite combinaison pantalon l'avait diablement embarrassé. Il était impatient de terminer ce qu'ils avaient commencé.

Elle lui lança un regard sombre.

— Où sont rangées les couvertures ? demanda-t-elle. Je prendrai le canapé.

Les lèvres pâles, elle le dévisageait d'un air accusateur en serrant frileusement les pans de sa veste.

— ¿Qué?

La brutalité de son intonation le surprit lui-même. Allait-elle se refuser à lui maintenant ? Réellement ?

— Je t'avais prévenu. Je ne dormirai pas avec toi.

Oui, mais, depuis, son numéro sensuel de danse sur chaise l'avait pourtant convaincu qu'elle avait changé d'avis. N'avait-elle pas joui entre ses bras ? Il en avait encore le cœur battant. Un désir exacerbé le tenaillait. Il avait envie d'elle. Il la voulait. *Absolument.*

Malgré tout, son expression inquiète l'obligeait à refréner ses pulsions. Elle avait le droit de changer d'avis, bien sûr, mais il ne comprenait pas comment elle était passée de l'extase à l'aversion pendant un trajet de cinq minutes. Cela le sidérait.

— Alors pourquoi as-tu voulu t'en aller ? s'étonna-t-il.

À peine avait-elle recouvré ses esprits qu'elle s'était redressée en frissonnant pour le supplier de rentrer.

— Je n'aurais jamais pu affronter le regard des gens ! expliqua-t-elle, horrifiée.

Il ne s'attendait pas à cet aveu de timidité.

— ¡Dios! Personne ne savait où nous étions, encore moins ce que nous faisions.

— Oh ! je t'en prie.

Elle enfonça les ongles dans la chair de ses bras, jusqu'à se faire mal à en juger par sa grimace.

— Cette réception était en ton honneur. Tout le monde avait les yeux rivés sur toi. Quelqu'un nous a forcément vus nous éclipser. Ton ami Kiergen en fera des gorges chaudes et rajoutera l'anecdote à la liste de ses histoires salaces.

— Je peux t'assurer qu'il n'y a eu aucun témoin. De toute manière, je me moque de ce que les gens racontent.

— Eh bien pas moi ! En plus, j'ai affreusement honte de mon comportement. Moi qui te reprochais d'avoir couché avec ma mère, je ne vaux pas mieux qu'elle.

Elle se cacha le visage dans les mains.

— Nous n'allons pas recommencer à nous disputer à ce sujet ! s'écria Ramon en serrant les poings. Il ne s'est rien passé entre ta mère et moi. Cette fois-ci, tu dois me croire parce que je ne le répéterai plus.

— Peu m'importe ce que vous avez fait. C'est de l'histoire ancienne, maintenant. Mais je ne suis pas comme elle, d'accord ?

Ramon se rendit compte qu'Isidora était très affectée.

— Je le sais, dit-il plus doucement.

Elle écarta les doigts pour le regarder au travers, avec une expression horriblement malheureuse.

— Ma conduite t'en a certainement convaincu, railla-t-elle.

Rouge de honte et de confusion, elle ne savait visiblement plus où se mettre. Devant tant d'embarras, bourrelé de remords, Ramon avait néanmoins beaucoup de mal à la comprendre. Pour lui, l'expérience qu'il venait de vivre avec Isidora comptait parmi les plus érotiques et excitantes de son existence.

— Isidora…

Elle recula, craintive, quand il avança vers elle.

— Je ne te contraindrai jamais à quoi que ce soit par la force, déclara-t-il avec fermeté.

Elle le bouleversait.

— Sauf à des fiançailles, peut-être ? ironisa-t-elle du tac au tac.

— Je parlais sur un plan sexuel. Jamais je n'abuserais d'une femme, tu le sais très bien. C'est cela qui m'a mis en colère quand tu m'as trouvé chez ta mère : je me doutais que tu t'empresserais de tirer des conclusions totalement ridicules.

— Mais bien sûr, tout est de ma faute ! Comme je suis sotte d'imaginer des absurdités.

Ramon leva les yeux au ciel, excédé.

— D'accord, je sais pourquoi…

— Non, tu ne sais absolument rien ! trancha-t-elle avec aigreur.

Ayant vécu pratiquement toute sa vie à Madrid, Ramon était pourtant au courant de beaucoup de choses. Les ragots sur Francisca Villanueva allaient bon train…

— Ta mère a eu une enfance très difficile, lui rappela-t-il. Elle m'a fait beaucoup de confidences, cette nuit-là. Les hommes ne s'intéressaient qu'à son argent.

La mère d'Isidora s'était mariée beaucoup trop jeune, avec un homme qui avait abusé d'elle. Son second mari, beaucoup plus âgé, avait multiplié sa fortune par deux, et la mort de celui-ci avait fait d'elle une veuve joyeuse. Elle n'avait pas encore trente ans quand elle s'était retrouvée enceinte d'Isidora, au début de son troisième mariage, avec Bernardo.

— Si c'était un homme, personne ne jugerait sa conduite immorale, poursuivit Ramon. On ne doit pas la condamner parce que c'est une femme. C'est injuste.

— Je ne te permets pas de me dicter ce que je dois ressentir ! protesta Isidora. Toi, on ne t'a jamais demandé si tu étais comme ta mère… Disons *hédoniste* pour rester polie. On n'a jamais refusé de te servir dans un restaurant parce que ta mère avait couché avec le mari de la propriétaire. Combien de fois as-tu menti à ton père pour lui cacher des infidélités de sa femme parce que tu avais peur d'assister à une énième dispute ? Et parce que tu étais terrorisé qu'il s'en aille s'il découvrait la vérité…

Ramon se crispa, tiraillé. Francisca lui avait avoué un autre secret : Bernardo n'était pas le père biologique d'Isidora. Mais Ramon ne voulait pas être celui qui le lui apprendrait. Elle avait déjà assez de soucis…

Isidora agitait les mains avec nervosité.

— Je ne me mêle pas de ton passé, moi ! reprit-elle. Et pour ton information, sache que je ne juge pas ma mère. Je me moque éperdument de connaître le nombre de ses amants. Je suis juste triste de ne pas pouvoir la consoler. Elle est très malheureuse, et trop d'hommes en profitent.

— En tout cas pas moi, maugréa Ramon. Nous avons simplement *parlé*. De *mon* histoire, essentiellement. C'était l'anniversaire de la mort de mon père, Isidora. Toi qui connais tout de ma famille, tu ne t'en es même pas souvenue. Mais ce n'était pas à moi de te le rappeler. Cette nuit-là, je n'avais pas envie d'être seul, et ta mère

74

m'a tenu compagnie. Elle connaissait ma mère depuis l'enfance. Elles avaient été pensionnaires ensemble. Et mon père avait géré son argent à sa majorité. Elle m'a raconté le mariage de mes parents, auquel elle avait assisté, et plein d'histoires d'avant, quand ils étaient jeunes et heureux. Tu n'as pas à être jalouse de cela. J'avais juste besoin de réconfort.

Elle le fixa en silence, immobile.

— C'est la vérité, insista-t-il pour la persuader une bonne fois pour toutes.

— Alors pourquoi… ?

Elle s'interrompit, les larmes aux yeux.

— Pourquoi ne me l'as-tu pas dit tout de suite ?

— Parce que j'étais en colère, concéda-t-il.

Et fasciné, tout près de céder à la tentation. La superbe jeune femme qu'Isidora était devenue l'avait subjugué, ce matin-là. En même temps, il ne pouvait rien y avoir entre eux. C'était sans issue.

— Tu es la fille d'un ami de mon père. Tu es aussi très liée à mes sœurs. Que devais-je faire ? Si nous étions sortis ensemble, j'aurais rompu tôt ou tard. Je n'avais pas le droit de te donner de faux espoirs. Je ne me marierai jamais, tu sais très bien pourquoi. Je ne peux imposer à personne de supporter les menaces qui pèsent sur moi et les miens. Donc, que pouvais-je faire ? Ma seule solution était de tuer radicalement ton amour de jeunesse, afin que tu puisses poursuivre le fil de ton existence.

Un instant, Isidora retint son souffle, puis soupira bruyamment. Une grosse larme perlait à ses cils.

— Alors que s'est-il passé ce soir ? Tu as eu pitié de celle qui t'avait aimé autrefois ?

— Non. Pas du tout.

Le mot « autrefois » l'avait blessé. Mais comment expliquer ce qu'il s'était produit ? Il ne s'agissait pas uniquement d'une pulsion sexuelle incontrôlée. Un peu plus tôt, l'idée qu'Isidora avait embrassé son jumeau l'avait littéralement mis hors de lui, ensauvagé. Un incroyable instinct possessif s'était emparé de lui. Il avait voulu effacer le souvenir d'Henri en elle et le remplacer par le sien. Ensuite, l'élan de sensualité de la jeune femme avait achevé de lui faire perdre la tête. Isidora s'était montrée si ardente… Elle avait un corps parfait, des seins magnifiques, et son abandon l'avait séduit. Totalement.

Il tenta de se justifier, gauchement :

— Tu m'as embrassé. J'en ai conclu que tu consentais à aller plus loin.

— J'accepterais peut-être si tu avais réellement envie *de moi.*

Comment pouvait-elle en douter ?

— Bien sûr que j'ai envie de toi ! Regarde-toi dans une glace. Tu es très belle.

— Je suis juste une fiancée de circonstance, bien commode pour te tirer d'affaire. Depuis le temps que je te connais, tu n'as jamais fait attention à moi. Pourquoi cela changerait-il aujourd'hui ? Henri prenait au moins la peine de bavarder avec moi de temps en temps. Toi, jamais.

Elle pointa son index sur lui.

— Tu me supportais uniquement parce que j'étais amie avec tes sœurs. Puis, un beau jour, tu me brises le cœur en me laissant croire que tu as couché avec ma mère.

Elle se redressa fièrement, le menton en avant.

— Cinq années passent et tu n'as même pas la délicatesse de me demander d'aider ta sœur. Tu menaces de me renvoyer et de ruiner ma vie professionnelle si je ne donne pas des preuves de loyauté envers ta famille. Et au bout du compte, je devrais être éperdue de gratitude parce que le célèbre Ramon Sauveterre me juge enfin suffisamment belle pour coucher avec moi ? Quel honneur… !

Cette fois-ci, l'hostilité d'Isidora perça ses défenses

et l'atteignit au plus profond, dans cet endroit censé être le siège de l'âme mais qu'il gardait soigneusement cadenassé — il avait trop peur d'y découvrir un grand vide. Elle l'avait mis à nu, et il se sentait tout petit, indigne.

— Donc, c'est non ? lança-t-il en se réfugiant derrière un sarcasme.

Personne n'avait le droit de le traiter aussi mal. Vexé, il craignit de s'être trahi, mais Isidora se contenta d'écarquiller les yeux avec une expression désabusée, comme si sa grossièreté ne l'étonnait pas.

— Plus jeune, je pensais que tu avais peur de souffrir à cause de ton passé, que tu refusais de m'aimer pour cette raison. Cela rendait ton rejet moins douloureux. En réalité, tu n'es qu'un mufle. Certains réagissent à la tragédie en redoublant de générosité dans l'espoir d'améliorer le monde. D'autres, comme toi, saccagent tout sans se soucier d'autrui. Je ne te pardonnerai jamais de t'être rapproché de moi pour me démontrer encore une fois que tu n'en vaux pas la peine.

Elle se dirigea vers la salle de bains en essuyant sa joue avec la manche de sa veste.

— Isidora.

— Dois-je mettre les points sur les *i* ? cria-t-elle dans un hoquet, sans se retourner. Non merci, Ramon. Si tu veux soulager ta libido, sors. Il ne manque pas de femmes qui seront ravies de te satisfaire. Moi, je vais prendre un bain et ensuite dormir sur le canapé.

— Prends le lit. J'ai des coups de fil à passer.

— Quelle noblesse…

En entendant l'eau couler dans la baignoire, Ramon se dirigea vers le bar pour se servir un alcool fort. Un verre ne suffirait pas. Il savait déjà qu'au matin il aurait une terrible gueule de bois.

*
* *

En arrivant dans la cuisine américaine pour le petit déjeuner, Isidora portait des lunettes noires pour masquer ses yeux gonflés — elle avait encore pleuré à cause de l'abominable individu qui l'avait obligée à de fausses fiançailles. En revanche, elle ne savait pas pourquoi Ramon en portait aussi…

Tout en buvant un grand bol de café noir, il l'informa platement qu'il avait décommandé le brunch au restaurant. À ce moment-là, elle aperçut une bouteille de scotch à moitié vide sur la table basse du salon. Elle ne posa aucune question : elle avait résolu de lui parler le moins possible.

Elle ne toucherait plus à une goutte d'alcool avant longtemps. Non seulement elle s'était comportée d'une manière honteuse, mais Ramon l'avait humiliée lorsqu'elle avait mis son cœur à nu, comme s'il s'agissait d'un bobo sans importance.

Les mois à venir promettaient d'être interminables.

Comme par un fait exprès, en arrivant dans le hall, ils croisèrent Kiergen, qui avait apparemment lui aussi un appartement dans l'immeuble.

— Où aviez-vous disparu, tous les deux ? lança-t-il avec un clin d'œil égrillard.

— Nous avons eu un problème à régler, répondit Ramon sèchement pendant qu'Isidora rougissait.

— Pas trop grave, j'espère ? Vous venez toujours au brunch ?

— Non. Excuse-nous. La voiture attend.

Ils se dépêchèrent de sortir. Ramon avait l'art de toujours se tirer d'affaire, songea Isidora en s'installant sur la banquette en cuir. Elle fit mine de s'absorber dans la lecture de ses mails.

Les jours suivants, ils eurent un programme chargé, au cours d'un périple en Italie. Heureusement, son rôle de figurante pendant les déjeuners et les cocktails lui permit de bavarder avec toutes sortes de gens. Elle nota avec plaisir que Sauveterre International pratiquait une politique progressiste et nommait beaucoup de femmes à des postes importants.

Dieu merci, ses relations avec Ramon se limitèrent au minimum. Les baisers qu'ils échangèrent en public furent de pure forme. Ils étaient obligés de sourire, mais se parlaient peu. Malgré tout, elle avait beaucoup de mal à jouer la comédie. Aussi fut-ce un soulagement pour elle de monter à bord du yacht de Ramon pour traverser la Méditerranée en direction de Malaga, où ils devaient fêter officiellement leurs fiançailles.

Ramon passa le plus clair de son temps à travailler, pendant qu'elle rédigeait du courrier ou des communiqués de presse entre deux séances de bronzage en bikini. Ils se voyaient aux repas et leurs conversations se bornaient à un échange de banalités.

Un jour, se promit-elle, elle oublierait Ramon et tomberait amoureuse d'un autre homme, avec lequel elle vivrait une passion torride. Ils seraient très heureux, auraient de beaux enfants et la douleur qui la rongeait se calmerait enfin.

Mais ce n'était pas pour tout de suite.

Elle enfila une robe rouge à bretelles pour le déjeuner au bord de la piscine.

Ramon leva à peine les yeux lorsqu'elle s'assit en face de lui. Lui faisait-il la tête parce qu'elle avait refusé de dormir avec lui ? Il était d'une telle froideur... Enfermé dans sa carapace. Son indifférence avait repris le dessus. Mais c'était son comportement habituel. Pourquoi en aurait-il changé ? Même s'il l'avait vexée, elle ne devait pas s'attendre à des excuses. Malgré tout, elle préférait encore la colère. Tout valait mieux que cette raideur polie, insupportable. Et pourquoi se sentait-elle coupable ?

Elle refoula un soupir et consulta son portable, dont l'écran lui signalait une notification. Au même moment, Ramon proféra une bordée d'injures.

— Qu'y a-t-il ? s'écria-t-elle en pressentant un désastre.

Il lui montra un message d'Étienne :

La traduction anglaise vient de paraître mais le texte circule en arabe depuis une heure. La reine mère du Zhamair a déclaré que sa future belle-fille, Angélique, n'était pas celle des jumelles photographiée en train d'embrasser le prince d'Elazar au printemps dernier. Est-ce vrai ? Que dois-je répondre ?

Ainsi, Trella, qui n'avait toujours pas confirmé ou démenti sa grossesse, était en butte à de nouveaux commérages… Le richissime prince Elazar était l'un des célibataires les plus en vue de la jet-set internationale. Isidora s'inquiétait pour son amie. S'il se mariait avec une autre alors qu'elle était enceinte de ses œuvres, ce serait une tragédie !

— Je ne comprends pas pourquoi Kasim n'est pas intervenu pour démentir la rumeur qu'Angélique l'avait trompé avec le prince Elazar. Si maintenant sa mère s'en mêle, cela va être horrible !

— Kasim n'a rien dit parce que Angélique le lui a demandé, expliqua Ramon. Pour protéger Trella. Du coup, cette tache sur sa réputation les a empêchés d'annoncer leurs fiançailles officielles. Les conseillers du prince du Zhamair déniaient à Angélique le droit à la couronne. La reine mère cherche probablement à restaurer l'honneur de sa belle-fille, au détriment de Trella. Je l'ai déjà rencontrée. Elle est très impulsive et ne réfléchit pas aux conséquences de ses actes.

Il était furieux.

— Je préviens Étienne que nous prenons les choses en main, décida Isidora.

Quand son téléphone tinta de nouveau, Ramon vint s'asseoir à côté d'elle. Le message d'Angélique les stupéfia :

Je suis mariée.

Un reportage en pièce jointe montrait Kasim, roi du Zhamair, assailli par des reporters après la déclaration fracassante de sa mère. La vidéo, devenue virale, faisait le tour du monde. Isidora connaissait Kasim pour l'avoir vu une fois. Déjà intimidée par son titre de roi, elle avait été très impressionnée par l'aura de pouvoir intransigeant qui se dégageait de lui et que renforçaient encore sa barbe noire et sa djellaba. Mais dès que ses yeux de jais se posaient sur Angélique, son visage s'adoucissait.

Des sous-titres en anglais, au-dessous des images, traduisaient ses propos implacables : « Que ce soit clair une fois pour toutes : nous sommes mariés. Je suis roi et ne tolérerai pas qu'on mette ma parole en doute. Angélique est mon épouse. Traitez-la avec tout le respect que mérite ma reine. »

Bien. Voilà qui réglait définitivement le problème.

— Nous n'avons plus à nous inquiéter, commenta-t-elle avec un petit rire.

— Je vais appeler ma sœur sur Skype.

Lorsque Angélique apparut à l'écran, Trella était à son côté.

— Attends, dit-elle, Henri veut participer à la conversation.

Une autre fenêtre s'ouvrit sur le jumeau de Ramon. Henri avait un bébé dans les bras, et une barbe de deux jours, exactement comme son frère. Leur mère était assise à côté de lui, et Cinnia de l'autre, avec le deuxième bébé.

— Félicitations ! s'écria Isidora avec chaleur.

— Merci, Izzie, répondit Angélique en essuyant une larme. Nous aurions préféré l'annoncer autrement, mais tant pis. Kasim n'a pas de regrets, et moi non plus.

Elle poussa un long soupir.

— Je ne sais pas pourquoi je pleure. Je suis vraiment heureuse. Et soulagée. Sa mère essayait de surmonter les obstacles qui empêchaient notre mariage. Maintenant, c'est fait.

— Sans cérémonie ? demanda leur mère avec une pointe de déception. Après celui d'Henri, célébré à la sauvette à l'hôpital, j'espérais une grande fête pour le tien, Gili.

— Nous organiserons quelque chose, *mama*, promit Angélique. Là, je n'ai pas beaucoup de temps. Un avion m'attend. Je dois encore faire mes valises avant de m'envoler pour le Zhamair.

Elle lança un regard à Trella, qui la serra affectueusement dans ses bras.

— Ne t'inquiète pas pour moi, Gili, dit sa jumelle. Va finir tes bagages pour rejoindre ton mari.

Visiblement déchirée, Angélique se leva.

— Je suis désolée de vous quitter. Je vous aime tous tellement…

— Nous publierons une déclaration officielle pour dire que nous sommes tous très heureux pour toi, dit Ramon. Viendras-tu à notre fête de fiançailles le week-end prochain ?

— Je n'en ai pas la moindre idée. Kasim voulait m'emmener en lune de miel dans son oasis, ajouta-t-elle en rougissant. De toute façon, vous viendrez me voir bientôt, n'est-ce pas ?

— Tu peux compter sur nous, répondit Henri tandis que contre lui son bébé commençait à s'agiter. Nous allons vous laisser. Pour Trella…

— Ne t'inquiète pas, intervint Ramon, je m'en charge. Prenez bien soin de vos *chicas. Besos, mama.*

La communication avec l'Espagne fut coupée. Quand Angélique s'éclipsa, Trella fut bien obligée d'affronter Ramon.

— Ne commence pas à m'accabler.

— Qui est le père ? interrogea-t-il. Le prince Elazar ? Tu lui as dit ?

— Non.

— Réponds-moi clairement.

Elle continua à éluder :

— Par égard pour Kasim, Isidora peut confirmer que c'est bien moi sur la photo en train d'embrasser le prince, et non Gili. Mais attendez encore pour parler de ma grossesse.

— Trella, grommela Ramon.

— Je gère !

— Crois-tu vraiment ? Un bébé n'est pas une mince affaire, *hermana.*

— Tu es juste furieux que je me débrouille sans toi.

Isidora fronça les sourcils. Quand Ramon et sa sœur commençaient à se disputer, cela pouvait durer des heures. Elle s'interposa :

— Je parle du prince ou pas ?

Son amie se passa la main dans les cheveux.

— Attendons de voir comment il réagit, non ?

— C'est cela que tu appelles *gérer* ? ironisa Ramon. Il faut…

— Arrête de te mêler de ma vie, Ramon ! explosa sa sœur. Que vas-tu encore inventer pour occuper le devant de la scène et me faire oublier ? Exposer Izzie seins nus à la proue de ton bateau pour les paparazzis ? C'est *mon* problème, pas le tien.

Et elle lui raccrocha au nez.

— ¡M*aldita sea!*, maugréa-t-il, furieux.

Isidora se frotta le menton.

— Tu ne vas pas la prendre au mot, j'espère ? Pour la suggestion de photo…

— Ne sois pas ridicule !

— Tu en serais bien capable ! C'est ce que tu fais constamment : détourner l'attention pour qu'on la laisse tranquille. Rappelle-toi l'annonce de nos fiançailles.

Allait-il sortir de ses gonds ? Lui assener une remarque acerbe ?

Ce fut bien pire. Il lui opposa un silence glacial.

7.

Cette femme le rendait fou. Pourquoi, après avoir révélé le feu qui la brûlait, le torturait-elle ainsi en le rejetant ?

Le soir de la réception, la frustration sexuelle l'avait empêché de réagir sainement. Depuis, avec le recul et la réflexion, Ramon avait terriblement honte de son comportement.

Habitué à être adulé par ses fans, il avait sous-estimé les sentiments d'Isidora, qu'il avait crus superficiels. Il l'avait trop longtemps considérée comme une petite fille à cause de leur écart d'âge.

Quelques mots qu'elle avait prononcés le hantaient : « Si tu avais réellement envie de moi. » En doutait-elle ?

Au fond de lui, il avait peur. Il avait toujours eu conscience qu'il ne sortirait pas indemne d'une liaison avec Isidora. Depuis toujours, il refusait toute sorte d'intimité émotionnelle.

Il avait cru la protéger en la repoussant durant toutes ces années. Mais c'était faux : c'était lui qu'il avait cherché à protéger.

— Je n'irais quand même pas jusqu'à te jeter en pâture aux photographes pour aider ma sœur ! déclara-t-il sèchement. Quoique ce soit d'une efficacité certaine, j'en conviens.

Elle baissa la tête en faisant la moue et piqua sa fourchette dans un morceau de viande. Ramon avait des remords. Son attitude, au fil du temps, avait affecté la jeune femme plus qu'il n'aurait imaginé.

— J'ai certainement trop abusé de ta gentillesse et de ta loyauté, soupira-t-il d'un ton las. À ta place, n'importe qui se serait rebiffé depuis longtemps.

Elle mâcha lentement, sans répondre, le menton tremblant. Visiblement ses paroles la touchaient de la part d'un homme qui n'avait pas l'habitude de reconnaître ses torts, même s'il n'était pas allé jusqu'à s'excuser. En cet instant, il comprit quel immense pouvoir il avait sur elle. Mais quelle responsabilité aussi… Pour lui qui en avait déjà beaucoup trop.

Elle ouvrit la bouche pour parler, mais hésita et finalement se tut.

— Qu'y a-t-il ? demanda-t-il.

— Rien. Ma faiblesse est aussi une force. C'est tout.

De là lui venaient sa fidélité et sa grandeur d'âme, qui l'avaient empêchée de couper les ponts avec sa mère, comprit Ramon. L'instabilité de Francisca était pourtant source d'angoisse. Et celle-ci cachait encore un secret qui aurait pu dévaster sa fille, et que Ramon aurait préféré ignorer.

Isidora sembla prendre son courage à deux mains pour poser une question qui lui brûlait les lèvres :

— Pourquoi continues-tu à protéger Trella malgré elle ?

— Je ne discute pas de mes affaires de famille.

Il regretta aussitôt sa réponse, surtout lorsqu'elle hocha la tête d'un air entendu.

— Je suis pourtant impliquée, observa-t-elle. Directement, même. En plus, je suis au courant de beaucoup de choses. Nous sommes des amies de longue date, ta sœur et moi. À une époque, ses crises d'angoisse justifiaient la surveillance qu'Henri et toi exerciez sur elle, quand elle menait une existence de recluse pour échapper à la curiosité du public et des journalistes. Cependant, elle va beaucoup mieux et est parfaitement capable de diriger sa vie maintenant. Pourquoi ne la laisses-tu pas un peu tranquille ? Elle a besoin de voler de ses propres ailes. Tant pis si elle fait des bêtises. Cela arrive à tout le monde.

Elle prit une grande inspiration avant de poursuivre :

— Je suis d'accord avec toi, le prince est certainement le père du bébé et elle devrait le prévenir. Mais ce n'est pas mon affaire, ni la tienne.

Comme Ramon s'obstinait à ne pas répondre, elle risqua une interprétation :

— Votre rivalité remonte sans doute très loin dans le passé. Vous vous chamaillez tous les deux comme si vous étiez encore des enfants.

Elle n'avait pas tort. Aussi loin que Ramon se souvienne, il s'était toujours disputé avec Trella.

— Comme je n'ai pas de frères et sœurs, j'ai du mal à comprendre, poursuivit Isidora. En tout cas, je trouve ça dommage, surtout après…

Elle ne termina pas sa phrase, mais il savait qu'elle faisait allusion à l'enlèvement de Trella. Ils auraient pu la perdre. Ils avaient de la chance de l'avoir.

— C'est vrai que nous avons des relations conflictuelles, acquiesça-t-il. Henri a davantage de patience et d'indulgence pour son caractère têtu et impulsif. Gili, très sensible, pleure au moindre désaccord avec elle. Mais, je ne lui passe rien, car elle prend systématiquement le contre-pied de tout ce que je dis. Je suis son aîné de six ans. Elle n'a jamais accepté que j'aie un peu plus d'expérience qu'elle.

Isidora réprima un sourire.

— Qu'y a-t-il de si drôle ? demanda-t-il.

— Tu ne connais pas tout. Par exemple, tu ne sais pas ce que c'est que d'être enceinte. Surtout par accident et des œuvres d'un prince.

Malgré de fortes réticences, il se crut obligé de se justifier.

— Je l'ai laissée se débrouiller une seule fois. Cela a très mal tourné.

Le regard vide, Ramon se perdit dans la contemplation de la mer, comme pour empêcher les émotions de remonter à la surface.

— Non, Ramon. Tu n'as aucun reproche à te faire. Ce n'est pas ta faute si tu n'as pas rattrapé la camionnette.

Il se figea quand elle posa le bout des doigts sur son poignet.

— Je ne parle pas du kidnapping, marmonna-t-il.

Ramon savait qu'il n'était pas responsable de ce maudit événement. À l'époque, toute la famille avait bénéficié d'un soutien psychologique. À quinze ans, champion d'athlétisme, il avait poursuivi les ravisseurs jusqu'à tomber d'épuisement. Il lui arrivait encore d'en rêver la nuit. Grâce à la thérapie, ils avaient tous à peu près surmonté ce premier traumatisme. Mais Trella avait gravement rechuté par la suite.

— La mort de notre père a été terrible, reprit-il.

Il faillit serrer la main d'Isidora dans la sienne, mais se retint. Il avait besoin d'être fort. Trella avait beau être exaspérante, elle était aussi très vulnérable et comptait sur lui, le pilier de la famille.

— On ne peut pas soigner le chagrin des autres, murmura Isidora. Tu as été très présent, n'est-ce pas ?

— J'ai quitté la compétition automobile pendant quelque temps, à la mort de papa. Henri et moi avons dû nous charger de… *tout*. Le conseil d'administration refusait de faire confiance aux blancs-becs que nous étions alors. Henri a épluché les dossiers et les livres de comptes pendant que je m'occupais de notre mère et des filles. Les jumelles étaient supposées retourner à l'école, mais Trella invoquait toutes sortes d'excuses. Elle nous a caché ce qu'il se passait. Elle a été harcelée sur Internet. Elle recevait des mails et des photos ignominieuses qui auraient rendu malade un homme adulte. Alors une adolescente de son âge, avec son histoire…

Isidora réfléchit un instant.

— Je me suis toujours demandé pourquoi elle était si opposée à ouvrir des comptes sur les réseaux sociaux. Ses crises d'angoisse viennent de là ?

— Gili recevait les mêmes messages et devenait aussi morose et renfermée que sa sœur. Mais ni l'une ni l'autre ne voulait nous inquiéter. Si seulement j'avais été plus vigilant !

Il baissa la tête. Comme il regrettait d'avoir manqué à ce point de clairvoyance !

— Un jour qu'elle devait m'accompagner à une course de voitures, elle a changé d'avis à la dernière minute. Nous nous sommes disputés, elle m'a dit de la laisser tranquille et je l'ai prise au mot. Malheureusement.

Perdu dans ses souvenirs, il revécut ce moment affreux.

— Avertie par un pressentiment, Gili était au bord de l'hystérie quand nous sommes rentrés : Trella n'était pas dans la maison. J'ai appelé la police. Puis j'ai eu l'idée de visionner les enregistrements des caméras de surveillance. Je l'ai retrouvée recroquevillée au fond d'un placard, mouillée de transpiration, mordant une serviette pour ne pas crier.

— Oh ! Trella…, chuchota Isidora en portant la main à son cœur. Je ne comprenais pas pourquoi elle refusait si souvent mes visites. Je n'aurais jamais imaginé qu'elle allait si mal.

— Personne n'est au courant en dehors de la famille.

— Je ne raconterai jamais rien.

— Je le sais. Malgré tout, je n'aurais pas dû te confier cette histoire. C'est son secret, pas le mien. Ces crises de panique se sont reproduites de temps en temps, parfois accompagnées de terreurs nocturnes. Il a fallu qu'elle se retranche de toute vie sociale pour les maîtriser. Cela a nécessité beaucoup de temps. Et voilà qu'elle s'expose inconsidérément à un scandale. Comment ne serions-nous pas inquiets ?

Il eut un geste exaspéré.

— Elle a des aventures avec des inconnus, se retrouve enceinte d'un prince très jaloux de sa propre réputation. Voilà pourquoi, *cariño*, j'ai dirigé le faisceau du projecteur sur toi et moi. Pour rien au monde je ne voudrais qu'elle revive pareil enfer.

Isidora avait le cœur serré. À bien des égards, c'était la force de Ramon qui l'avait conquise, tant physique que morale. La toute première fois qu'elle l'avait vu, à un pique-nique de Sauveterre International, il l'avait ramassée sur l'herbe. Des garçons l'avaient bousculée et elle était tombée. Elle devait avoir cinq ou six ans. Après l'avoir remise sur ses pieds, il avait grondé les garnements qui l'avaient poussée.

Après le kidnapping, quand elle allait chez eux avec son père, elle ne comprenait pas pourquoi tout le monde était si triste, si différent. Même les parents pleuraient parfois. Seul Ramon avait l'air de faire face.

Puis, au temps de ses premiers émois d'adolescente, il avait régné en maître sur sa vie imaginaire. Elle le vénérait comme un dieu. Pilote de course, il triomphait sur tous les circuits. Elle l'avait élevé au rang de héros.

En fait, elle lui avait assigné un rôle beaucoup trop lourd à porter, pour n'importe qui. Quoi d'étonnant à ce qu'il la repousse ? Il avait bien assez à faire avec ses propres démons et n'avait pas besoin d'une pression supplémentaire. Jusqu'à présent, elle ne s'en était pas rendu compte.

En cet instant, il semblait retranché très loin au-dedans de lui-même. Tout en respectant les souvenirs qui l'assaillaient, elle avait envie de le réconforter. Évidemment, elle ne gommerait pas son passé douloureux, mais pouvait au moins l'assurer de son soutien. Elle tiendrait son rôle de fiancée. Par amitié pour ses sœurs et sa famille, et aussi pour lui. Parce qu'il était important de croire à un monde meilleur. Parfois, un minuscule rayon de soleil suffisait à redonner de l'espoir.

— Pour Trella, j'accepterais de me laisser photographier seins nus…

— Il n'en est pas question ! protesta-t-il, si vivement qu'elle se mit à rire.

Finalement, il avait tout de même encore quelques égards pour elle… Elle se raccrocha à cette pensée rassurante.

Ils réussirent tant bien que mal à établir une trêve durant la traversée jusqu'à Malaga. Là, ils élurent domicile dans le palace où aurait lieu la grande fête de leurs fiançailles. Le reste de la famille logeait à Sus Brazos.

L'hôtel avait été aménagé dans une bâtisse du XIXe siècle complètement rénovée. Ramon avait réservé la meilleure suite. Cependant, avec tous les invités et les nombreux touristes, il n'avait pas été possible de prendre une chambre supplémentaire. Une nouvelle fois, ils étaient condamnés à se disputer ou à partager le grand lit…

Ramon leur épargna l'un et l'autre en se dévouant pour occuper le divan, en réalité une causeuse ravissante mais exiguë.

Pendant qu'Isidora utilisait la salle de bains, il se servit un scotch, qu'il dégusta sur le balcon, face à la mer. Il lui en coûtait de se sacrifier galamment en abandonnant le lit à Isidora. Il brûlait de désirs inassouvis. La veille, pendant la baignade, il n'avait cessé de convoiter les jolies courbes de sa « fiancée », à peine masquées par un bikini minimaliste.

Isidora avait raison : sa libido exigeante le tenaillait. S'il voulait, avec toutes les femmes qui lui couraient après, il ne serait guère difficile de soulager ses frustrations. Il refusait plus de propositions qu'il n'en acceptait. Mais, alors qu'il contemplait les corps qui doraient au soleil sur la plage, l'idée lui parut absurde. C'était Isidora qu'il voulait. Depuis Monaco. Elle l'obsédait et habitait tous ses fantasmes. Il rêvait de connaître en elle et avec elle le plaisir de l'intimité sexuelle.

Réprimant un juron, il finit son verre, croqua dans le glaçon et retourna dans la chambre climatisée pour se changer et revêtir son smoking.

Jamais une femme ne l'avait autant obsédé. C'était d'autant plus gênant et inconfortable qu'il avait aussi envie d'être ami avec elle. Lorsqu'il lui avait confié l'histoire de Trella, elle n'avait pas proféré les platitudes habituelles. Sa présence chaleureuse l'avait réconforté. Elle savait faire preuve de patience et d'empathie. Elle le *comprenait*.

Il aurait été malvenu de gâcher cette confiance fragile en lui proposant une aventure vide de sens parce que sans lendemain.

Il était en train de nouer son nœud papillon quand la porte s'ouvrit. Il se retourna.

Et retint une exclamation admirative.

Isidora était magnifique, dans un fourreau de velours noir asymétrique qui moulait à la perfection sa poitrine et ses hanches. Une rivière de strass partait de son épaule gauche pour souligner l'arrondi délicat du décolleté. Il n'avait pas juste envie de toucher sa peau nue, il voulait la goûter et y déposer une pluie de baisers étourdissants.

Indécise, elle hésita.

— Non ? J'ai une autre robe, rouge…

— Oui. Enfin non, plutôt. Tu me fais complètement perdre la tête.

Il la dévorait des yeux, littéralement. Des diamants ornaient sa chevelure relevée en chignon et des perles bleutées pendaient à ses oreilles.

— Tu es superbe.

— Ramon…, protesta-t-elle avec un mélange de timidité et d'inquiétude.

Il s'approcha avec empressement.

— Ce n'est pas de la flatterie, ni de la politesse. J'ai toujours été sensible à ton charme, Isidora, même si j'essayais de résister.

Il prit ses mains dans les siennes.

— Si je t'ai blessée, par le passé…

Il s'interrompit en poussant un juron et caressa doucement ses doigts qui s'agitaient nerveusement, comme les ailes d'un oiseau.

— Je suis désolé.

Cet aveu difficile le surprit lui-même. Le remords qui perçait dans sa voix lui comprimait la poitrine.

— Quelquefois, ton rire était le seul qui résonnait dans la maison de toute la semaine. Cela m'ennuierait vraiment de t'avoir ôté ta joie de vivre. Je ne t'ai pas entendue rire depuis très longtemps.

Depuis cinq ans, quand ils s'étaient croisés chez sa mère… Il ferma les paupières et déposa un baiser sur le bout de ses doigts.

Isidora retint son souffle pendant que Ramon passait la main sur sa barbe naissante avec une grimace.

— Je devrais me raser avant d'oublier.

— Oui, murmura-t-elle simplement, avec une émotion mal contenue.

Elle s'efforça de se ressaisir.

« Je suis désolé. » Ces trois petits mots tout simples, prononcés tranquillement, l'avait bouleversée.

Trop émue, elle n'osait toujours pas regarder Ramon quand il ressortit de la salle de bains.

Une fois dans l'ascenseur, elle aperçut le reflet de son pseudo-fiancé dans une glace.

— Tu ne t'es pas rasé, finalement ?

Il frotta une paume contre sa joue.

— Un ennui de rasoir…

— Nous pouvons en demander un à la réception. Tu veux remonter ?

Oscar, son garde du corps, tendit un doigt vers le bouton d'étage.

— Inutile. Je sais d'où vient le problème. Cela ne servirait à rien de… résister.

— Ah bon ? Je ne comprends pas. J'ai remarqué que tu avais changé de style. C'est pour suivre la mode ?

— Pas du tout, non.

— Pourquoi alors ?

— Je n'ose pas te le dire, tu vas te moquer de moi.

La porte de l'ascenseur s'ouvrit à ce moment-là sur le hall du rez-de-chaussée. Un lustre en cristal éclairait des tableaux de maîtres, dans des cadres dorés. Dans les salons d'apparat, une foule nombreuse se pressait déjà.

— Viens.

Ramon la prit par le bras pour la tirer à l'écart, dans ce qui avait sans doute été autrefois une cabine téléphonique et abritait aujourd'hui des ordinateurs pour les consultations Internet des clients du palace. Elle rougit en se retrouvant avec lui dans cet espace confiné.

— Que signifie…

— Il s'agit du syndrome de paternité. Je l'ai souvent observé chez nos cadres. Ils arrivent le matin au travail comme s'ils sortaient d'une beuverie, alors qu'en fait ils ont juste un bébé à la maison.

Elle fronça les sourcils sans comprendre.

— De quoi parles-tu ?

— De mon frère, bien sûr.

Ramon lui caressait distraitement le dos. Parcourue par un frisson, elle tenta de garder la tête froide.

— Tu veux dire que tu ne te rases pas juste pour faire comme lui ?

— Tu n'as jamais remarqué que nous sommes pratiquement toujours habillés pareil ?

Elle haussa les épaules.

— Vous portez l'uniforme des hommes d'affaires.

— Mais la même cravate ? Les mêmes chaussures ?

— C'est de la télépathie ? demanda-t-elle, soupçonneuse.

— Je ne sais pas, répliqua-t-il avec un sourire. Une espèce de sixième sens, en tout cas.

Il avait une bouche irrésistible, songea Isidora en le regardant. Avec une lèvre inférieure charnue, très sensuelle.

— Isidora.

Elle n'avait jamais entendu son prénom prononcé d'une manière aussi sexy. Quand il la prit par la nuque, elle chancela et posa les mains sur son torse. Ses yeux verts la transperçaient. Elle était comme frappée de paralysie.

— Tu m'accuses de me servir de toi, mais c'est très loin de la vérité, poursuivit-il. Ma raison me souffle de ne pas gâcher la paix que nous avons rétablie, mais je ne peux pas m'empêcher de penser à ce qui s'est passé à Monaco. J'ai découvert une femme passionnée, que j'aimerais apprendre à mieux connaître.

Elle s'agita nerveusement. Un peu plus loin, le garde du corps leur faisait signe.

— On nous appelle, murmura-t-elle, pour s'échapper avant de commettre quelque chose de stupide ou d'irréparable.

Elle sentit comme un grand froid quand Ramon la lâcha.

Des lanternes japonaises illuminaient la façade de l'hôtel et des bougies multicolores flottaient dans la piscine, jetant une lumière douce sur le pourtour. Un cordon de sécurité protégeait un espace privé jusque sur la plage. Le trio à cordes qui jouait dans le patio serait bientôt remplacé par un orchestre plus entraînant, après les toasts servis avec du champagne.

Armés de téléobjectifs, les paparazzis étaient déjà à leurs postes, déterminés à débusquer les célébrités que Ramon avait invitées. Il aurait pu organiser la réception à Sus Brazos, mais les règles de sécurité, draconiennes, auraient desservi ses intentions. La fête somptueuse, l'événement de l'année, devait reléguer Trella au second plan.

Ramon comptait sur le succès de son plan, surtout quand il vit sa sœur vêtue d'une robe ample qui suggérait subtilement sa maternité. Il aurait du mal à abandonner ses responsabilités de frère aîné. Heureusement, Angélique était entre de bonnes mains : Kasim veillerait sur elle comme sur la prunelle de ses yeux. Il était là ce soir à ses côtés, près de leur mère et de Trella. Sa timide petite sœur était reine, désormais ! Il n'en était pas encore revenu.

Un rire cristallin le tira de ses réflexions. Une émotion qui s'apparentait à la tendresse l'étreignit quand il croisa le regard d'Isidora. Non, il n'avait pas détruit sa joie de vivre…

— Tu savais ! Tu l'as fait exprès, l'accusa-t-elle d'un air taquin en lui prenant le bras. Tu l'as appelé pour coordonner vos tenues ?

— Qui ?

Elle agita la main en direction d'Henri, qui arrivait avec Cinnia.

Ramon aurait pu arguer que tous les smokings se ressemblaient et que les chemises à plastron étaient de rigueur avec un habit, mais son frère et lui en possédaient plusieurs. Ramon aurait parié sa fortune que leurs vêtements portaient ce soir la même étiquette de grand couturier. Et Henri ne s'était pas rasé… Comme souvent, ils présentaient deux images absolument identiques. Pourquoi n'arrivaient-ils pas à se différencier alors que leurs sœurs avaient chacune un style bien défini ?

Henri devina aussitôt la question que son frère n'eut même pas besoin de poser.

— J'ai profité de ce que les bébés dormaient pour traîner Cinnia dehors. Je n'ai pas eu le temps de me raser.

Cinnia avait des formes un peu plus voluptueuses qu'avant sa grossesse, ce qui lui allait bien. Elle se hissa sur la pointe des pieds pour presser un baiser sur sa joue en fronçant le nez.

— Il avait mis une autre chemise. Mais Rosalina a eu un renvoi et il a dû en changer.

— Ce n'est pas possible, c'est un coup monté ! plaisanta Isidora.

— Cela arrive tout le temps, l'assura Cinnia.

Puis elle brandit la main de son mari.

— Attention, Ramon ! Henri porte une alliance maintenant.

Isidora rougit en baissant les yeux, et Ramon sentit son instinct protecteur s'éveiller aussitôt. La sensation, nouvelle, l'étonna. Pour une fois il ne s'agissait pas de Trella.

Henri les tira d'embarras.

— Il faut vite passer aux discours ! lança-t-il en prenant Cinnia par la taille. Je veux danser avec ma femme pendant que je l'ai pour moi tout seul.

Les parents d'Isidora arrivèrent à ce moment-là, ce qui ne fit qu'accroître le malaise.

— Mon ange ! s'écria Francisca. Nous sommes si contents pour toi ! Avez-vous déjà fixé une date ?

— *Hija preciosa*, murmura son père pendant que sa mère s'écartait pour parler avec Ramon.

— Papa.

Il la serra tendrement dans ses bras.

— *¿Estás bien?*

Il se recula pour la regarder. Lui ne s'était jamais moqué de son amour d'adolescence. Il ignorait l'épisode qui l'avait tant peinée, mais connaissait les raisons de ses hésitations quand Sauveterre International lui avait proposé un emploi : elle aurait préféré garder ses distances avec Ramon.

— Je vais bien, lui affirma-t-elle.

Ce n'était pas un mensonge : depuis que Ramon avait détendu l'atmosphère, cela allait beaucoup mieux entre eux. Mais elle s'effondrerait sans doute plus tard, quand cette comédie de fiançailles serait terminée.

Parce que Ramon ne l'épouserait pas. Il n'en avait jamais eu l'intention. Voilà pourquoi la plaisanterie de Cinnia, tout à l'heure, était tombée à plat. Chassant cette réminiscence désagréable, elle tapota le revers de la veste de Bernardo.

— Et toi ? s'enquit-elle avec une pointe d'anxiété.

Par le passé, chaque fois que ses parents s'étaient réconciliés, une nouvelle rupture n'avait pas tardé, généralement à cause de la fâcheuse tendance de sa mère à vagabonder. Leur histoire, édifiante, l'incitait à la prudence. Même si Ramon avait apaisé ses doutes et sa colère, il ne fallait pas pour autant croire aux miracles.

— *Excelente*, répondit Bernardo, l'air confiant.

Isidora, qui avait envie de le croire, observa ses parents tout au long de la soirée. Ils s'étaient rapprochés et se témoignaient des marques d'affection. Elle se surprit à espérer pour eux un regain de leur bonheur d'autrefois. Elle voulait croire aux contes de fées, non seulement pour eux, mais aussi pour elle…

Comme le dîner de fiançailles à Paris, au restaurant, la réception se déroula à la perfection, jusque dans les moindres détails. Au clair de lune, l'écume des vagues ressemblait à un voile de dentelle. La brise estivale effleurait sa peau d'une caresse légère. Isidora surprit Henri et son père échanger des propos chaleureux au sujet des liens d'amitié entre leurs familles. Quelques-uns de ses amis les plus chers portèrent des toasts à son bonheur, sincèrement persuadés qu'elle allait épouser l'homme de ses rêves.

Quand elle regardait Ramon, elle y croyait presque. Il était dangereux de se laisser aller sur cette pente, mais comment n'aurait-elle pas été inexorablement attirée ? Il était si beau, si imposant…

En même temps, à son habitude, il gardait une distance pleine de réserve. Maintenant qu'elle en connaissait les raisons, Isidora ne l'en estimait que davantage. Mais cet homme invincible ne serait jamais à elle.

Quand les invités, à la fin des discours, réclamèrent un baiser aux fiancés, son pouls s'affola sous le coup de l'excitation. Quoi qu'il advienne par la suite dans son existence, Ramon posséderait pour toujours un morceau de son cœur.

Elle se crispa un peu pour ne pas risquer de trahir ses sentiments. Elle avait peur de s'enflammer à son contact. Ces derniers temps, leur proximité avait exacerbé ses émotions et réduit ses défenses à néant. Au moindre effleurement, tout son être se dilatait et un plaisir presque douloureux l'envahissait.

Mais elle aurait souffert bien davantage de ne plus le voir, de ne plus le toucher.

Jusqu'alors elle avait eu la colère pour se protéger. Maintenant que ce rempart avait disparu, elle était à sa merci. Dès qu'il enlaça, elle s'abandonna.

Bien évidemment, il s'en aperçut. Une étincelle brilla au fond de ses yeux et il glissa la main sur le décolleté, dans son dos, pour la presser contre lui dans un geste possessif. D'autres hommes l'avaient tenue entre leurs bras, mais elle n'avait jamais ressenti cette incroyable implosion de tous les sens, comme si une boule d'énergie tourbillonnait à l'intérieur de son corps.

Elle n'avait pas cessé de penser à cette nuit, à Monaco… Elle en goûta le souvenir sur les lèvres de Ramon en buvant littéralement son baiser. Une tempête sensuelle se déchaîna pour l'emporter dans un élan de passion.

À cet instant, elle sut, au plus intime d'elle-même, qu'il la posséderait. Elle ne prit pas clairement la décision de faire l'amour avec lui cette nuit-là. Il s'agissait d'une certitude plus vague, mais profondément ancrée. Cela arriverait inéluctablement, un jour ou l'autre, bientôt ou dans un avenir plus lointain. Forte de cette conviction, elle se perdit dans son baiser. Les bras noués autour de son cou, elle cessa d'avoir peur.

Désormais, une impatience fébrile l'habitait.

8.

Si elle avait un peu trop bu la dernière fois que Ramon l'avait tenue dans ses bras, il n'en était rien ce soir-là. Une alchimie naturelle instillait un feu liquide dans ses veines. Les phéromones agissaient mystérieusement. Les sensations que leur baiser avait imprimées en elle l'accompagnèrent fidèlement, même quand d'autres hommes la réclamèrent le temps d'une danse.

Ramon s'interposa d'ailleurs plus d'une fois sans vergogne et se réserva tous les slows. Sans rien dire, il avait tout deviné. Il avait trop d'expérience pour ne pas percevoir ce qui se passait.

Isidora se sentait gauche, prévisible. D'un côté, cela seyait à son rôle de fiancée transie et enamourée. Personne ne savait qu'elle était vierge, et certainement pas lui.

Ils s'éclipsèrent alors que la fête battait encore son plein. Ils avaient malgré tout attendu le départ des membres de la famille avant de laisser leurs illustres invités à leurs débordements extravagants.

D'un signe, Ramon prévint ses gardes, qui protégèrent leur retraite. Dans l'ascenseur, il contint son impatience et s'appuya contre la paroi en enserrant la taille d'Isidora de ses mains.

— J'adore cette robe, commenta-t-il en glissant les doigts sur sa peau nue.

Elle étouffa un rire gêné. *Séduis-moi,* implora-t-elle en son for intérieur. Avec une expression un peu trop solennelle, il posa un index replié au creux de son décolleté et remonta jusqu'au menton. Elle sursauta quand la porte s'ouvrit.

Entremêlant ses doigts aux siens, Ramon attendit que ses hommes vérifient que l'appartement était sûr. Puis il l'entraîna à l'intérieur et verrouilla la porte. Une anxiété irraisonnée commençait à monter en elle.

— Tu es sûre, Isidora ?

Il la prit par les épaules, mais sans bouger. Puis, comme elle restait muette, il s'approcha et son souffle lui caressa la tempe.

— Je veux te donner du plaisir, beaucoup. Plus encore que tu ne peux imaginer. Mais je ne voudrais pas que tu me haïsses après.

Parce qu'il ne l'épouserait pas. Ce n'était pas facile pour elle. Elle se dégagea et déposa sa pochette sur une console.

— Je ne suis pas inconsciente. Je n'ai pas de pulsions autodestructrices.

Elle se promit de faire très attention, de ne pas s'impliquer.

— Je ne veux pas avoir de regrets, continua-t-elle.

En réalité, elle mourait de peur, mais il lui fallait aller jusqu'au bout. Paradoxalement, c'était le seul moyen de pouvoir oublier Ramon un jour.

— Je sais que ce sera sans lendemain, ajouta-t-elle, la gorge serrée.

Les yeux verts de Ramon virèrent au gris argent.

— Tu mérites mieux.

— J'en ai conscience.

Il parut surpris, et elle s'expliqua, le cœur battant :

— Je ne suis plus une enfant, Ramon. Tu as eu raison de décourager mes espoirs d'adolescente. Maintenant que je suis adulte, j'ai d'autres attentes…

Elle tourna la bague autour de son doigt.

— Normalement, je ne me lancerais pas dans une

aventure sans me projeter dans l'avenir, mais… Je suis sans doute encore un peu naïve, soupira-t-elle. J'ose espérer que nous pourrons au moins rester amis, après.

Un lourd silence tomba entre eux.

— Moi aussi j'ai envie d'y croire, dit-il enfin.

— Dans ce cas, je suis sûre.

Ramon prit les mains d'Isidora pour les croiser dans son dos, puis lui enserra la nuque et captura sa bouche, comme si elle lui appartenait.

Tout son être vibra lorsqu'elle rendit les armes, totalement. Elle capitulait, comme au début de la soirée, quand il l'avait embrassée devant tout le monde. Depuis, il rêvait de s'abandonner lui aussi à son désir, de se repaître d'elle jusqu'à satiété, sans retenue, pour apaiser la faim qui le consumait.

Il n'était pas une brute : il aurait contenu son ardeur s'il avait perçu la moindre résistance ou hésitation de sa part. Puisqu'elle manifestait une impatience égale à la sienne, lui caressant le dos fébrilement, il la pressa tout contre lui.

Il s'enflamma à son contact, comme si le feu de paille qui s'était déclenché entre eux à Monaco n'attendait qu'un signe pour repartir. Il la lâcha brièvement, juste pour se débarrasser de sa veste, qu'il jeta par terre. Puis, avec un gémissement sourd, il l'étreignit de nouveau et la guida vers la chambre.

Et le lit.

Il avait conscience d'aller beaucoup trop vite, sans pouvoir s'en empêcher. Il n'avait jamais éprouvé un désir aussi violent. Isidora pressa le bas-ventre contre son érection quand il referma les paumes sur ses seins. Il tâtonna pour descendre la fermeture Éclair et découvrir sa poitrine, nue et ferme, si douce en même temps. Elle eut la chair de poule lorsque les pointes de ses seins se dressèrent sous les caresses de sa langue. Elle sanglotait déjà de plaisir.

Oui, de plaisir. Il aurait voulu lui demander ce qui lui plaisait, mais la voix lui manquait. Il n'arrivait plus à parler, ni à penser d'ailleurs. Il voulait juste la rendre folle de lui.

Il l'aida à s'asseoir au bord du lit et remonta sa robe jusqu'aux hanches.

— Je veux d'abord t'embrasser.

Il se pencha pour prendre ses lèvres, avec un soupir rauque. Tandis qu'elle frissonnait sous ses caresses, il s'agenouilla entre ses jambes. Bientôt, ses doigts quittèrent sa poitrine pour remonter à l'intérieur de ses cuisses soyeuses, vers le cœur de sa féminité. Elle émit un son plaintif, musical, et il se recula pour contempler son visage. Les paupières mi-closes, elle entrouvrait la bouche avec une expression extatique.

Il poursuivit son exploration du bout du doigt, dans une douceur exquise, veloutée. Elle battit des cils en proférant une exclamation avide, impatiente.

— Oh oui !

— Allonge-toi, commanda-t-il.

Il se sentit fort comme un dieu lorsqu'elle obéit et se cacha les yeux d'un bras replié.

Il fit glisser la soie noire le long de ses cuisses d'ivoire, en prenant tout son temps. Il avait l'impression d'ouvrir un cadeau précieux. D'abord, elle crierait de volupté. Ensuite, il plongerait en elle pour la faire sienne. Enfin.

Un feu ardent la dévorait. La langue et les doigts de Ramon qui caressaient son clitoris la rendaient folle. Elle agrippa ses cheveux en enserrant son visage entre les cuisses, tandis que des spasmes lui contractaient le ventre. En poussant un cri, elle s'arc-bouta à la rencontre de sa bouche sans se soucier de perdre toute retenue. C'était trop bon, trop merveilleux.

Puis elle recouvra ses esprits, petit à petit.

Sans la quitter des yeux, Ramon se redressa et se déshabilla en hâte.

Elle ne bougea pas. Une vague pensée l'agitait : la couleur de sa robe ne convenait pas. Elle aurait dû être blanche pour conférer à cet instant le caractère sacré qu'il aurait dû avoir. Au lieu de cette précipitation à la limite de l'inconvenance… Sa peau la brûlait à cause de la barbe de Ramon. Il sortit un préservatif de sa poche, détruisant par ce seul geste toute la magie dont elle rêvait.

Il lui retira sa robe et la remonta plus haut vers les oreillers.

— Mes chaussures ?

— Garde-les. Elles me plaisent.

Il guida ses chevilles dans son dos pour les croiser sur ses reins et lui mordilla le lobe de l'oreille en murmurant ce qui lui sembla une obscénité.

Comme tout était différent de ce qu'elle avait imaginé ! Finalement, sa défloration survenait hors mariage, sans déclaration d'amour romantique.

Pourtant, si imparfait que cela soit, avec cet homme qui s'insinuait entre ses jambes sans rien lui promettre, elle ne pouvait nier l'intensité de son désir. Elle consentait, totalement.

Il positionna sa saisissante érection contre son sexe. Isidora se raidit un peu.

— Ramon…, gémit-elle en s'offrant à lui.

Il l'embrassa et la pénétra d'un seul coup, lui arrachant une exclamation de douleur. Il se redressa aussitôt et s'immobilisa. Puis il commença à se retirer.

— Je t'ai fait mal ?

— Je… Non, tout va bien, chuchota-t-elle.

Instinctivement, elle appuya les talons sur ses reins et attira son visage au creux de son cou.

— Isidora…, souffla-t-il en fermant les paupières.

— Chut, Ramon ! Ne dis rien.

Il la scruta longuement. Il donnait l'impression de lire en elle, au plus profond, dans le secret de son âme. Elle n'avait plus rien à cacher et cela la terrifiait. Elle était sienne.

Une expression indéchiffrable passa sur les traits de Ramon. Du désarroi, peut-être.

— Ne t'en va pas, le supplia-t-elle dans un filet de voix à peine audible.

— Cela ne risque pas.

Il bougea légèrement les hanches, afin de se renfoncer en elle, plus lentement. Elle frissonna. La douleur s'estompa, remplacée par une sensibilité extrême et une délicieuse intimité. Elle était transportée. En même temps, cela restait étrangement doux et tendre.

Ramon s'appuya sur les coudes pour prendre son visage entre ses paumes et se tint un instant immobile.

— Cela change tout, chuchota-t-il, les yeux brillants. Je veux que ce soit inoubliable. Pour toi.

— Cela te plaît, n'est-ce pas, d'être le premier ?

— Oui, beaucoup, admit-il sans aucune honte.

Sa bouche descendit vers sa poitrine et il sourit de contentement lorsqu'elle étouffa une plainte en se tendant à sa rencontre.

— Je suis ravi, confirma-t-il avec un petit rire.

Il prit son temps, sans marquer aucune impatience, afin qu'elle s'accoutume à sa présence. Et ce fut elle qui finit par l'implorer.

— Ramon, je n'en peux plus…

Il commença alors à se mouvoir avec plus de fougue, sans répit, infatigable, lui offrant ce qu'elle réclamait inconsciemment.

Isidora n'avait pas d'idée précise sur ce que lui apporterait l'expérience de la sexualité. Mais elle ne s'attendait pas à ce flot de sensations incontrôlables, ni à ce débordement de pulsions animales, d'une violence inouïe. Elle voulait la morsure des dents de Ramon sur sa peau, le poids de son corps dominateur qui l'écrasait.

Un tourbillon l'engloutit. Elle ne se reconnaissait pas dans les cris et les gémissements qui s'échappaient de sa gorge. Le paroxysme du plaisir la propulsa dans un espace-temps infini. Toute tremblante et frissonnante, elle se sentit la plus belle femme du monde.

Mais seule, encore…

Quand, pantelante, elle rouvrit les yeux, elle avait l'impression d'avoir une fois de plus été trahie.

— Tu n'as pas…

— Bientôt, promit-il en glissant les doigts en bas de son ventre, à l'endroit où leurs corps se joignaient.

À nouveau, le désir la transperça et une vague de pulsations la submergea. Sans même s'en rendre compte, elle étreignit Ramon avec violence pour le pousser plus profondément en elle.

— Dis-moi si je vais trop fort, ajouta-t-il d'une voix rauque.

Elle s'abandonna totalement au mouvement impétueux qui l'emportait toujours plus loin, au-delà d'elle-même. Quand le rythme s'accéléra, Isidora eut presque peur, non d'avoir mal, mais de ne pas supporter l'intensité de ses sensations. En même temps, elle avait besoin de cette fureur, de cette frénésie. Elle s'y adonna totalement. Elle se donna à lui.

Et quand leurs cris se mêlèrent, elle comprit que Ramon lui avait offert tout ce dont elle rêvait depuis toujours.

Pourtant, hélas, à peine entrouverte, la porte du paradis allait se refermer devant elle, et elle n'aurait plus que ses yeux pour pleurer…

9.

Pour lui, le sexe n'était qu'un jeu, depuis toujours. Pas avec Isidora, cependant. Aussi, quand il revint de la salle de bains, le regard circonspect qu'elle lui lança lui fit l'effet d'un coup de poignard. Elle était couchée sur le côté, cramponnée à un oreiller qu'elle serrait contre sa poitrine.

Il remonta le drap et la couverture, lui enleva l'oreiller et s'allongea pour la sentir tout contre lui. Le silence lui pesait, mais il n'osait rien dire.

Au bout de quelques secondes, elle soupira.

— Je t'ai fait mal ? demanda-t-il enfin.

— Un peu. Ça va.

Le cadeau inattendu de sa virginité l'avait décontenancé. Il ne savait pas trop comment réagir.

— Ne t'inquiète pas, murmura-t-elle. Je ne me gardais pas pour toi ou pour le prince charmant. Je n'avais tout simplement pas rencontré quelqu'un qui me plaisait suffisamment.

— Tu m'as pourtant laissé entendre que tu avais couché avec Étienne.

Sans répondre, elle se blottit contre son épaule et il roula sur le dos pour l'installer plus confortablement. Dans un mouvement qui lui sembla naturel, elle s'enroula comme une liane autour de ses jambes.

Devait-il avouer qu'il avait surveillé Étienne en espérant trouver un motif de licenciement ?

— C'était bien, chuchota-t-elle très doucement. Merci.

— Non, ce n'était pas *bien*, maugréa-t-il.

Elle se redressa d'un air inquiet.

— Cela ne t'a pas plu ?

Elle gardait tellement de fraîcheur, derrière son assurance, son intelligence…

— Bien sûr que si ! Mais c'est si loin de la vérité, Isidora. C'était fantastique.

Il aimait séduire, mais se livrait rarement.

— Je n'oublierai jamais ce moment, admit-il néanmoins.

— Oh ! Tu es gentil…

Elle ne le croyait pas, comprit Ramon. Cela valait peut-être mieux ainsi puisqu'il ne voulait pas lui donner de faux espoirs. Malgré tout, il avait des scrupules car il avait vraiment vécu quelque chose d'incomparable.

Elle s'en rendrait compte plus tard, lorsqu'elle aurait davantage d'expérience.

Une jalousie irraisonnée s'empara de lui en l'imaginant au lit avec un autre homme. Retrouverait-elle avec un autre la folle passion qu'ils venaient de partager ?

Sans vraiment l'avoir décidé, il raffermit son étreinte.

— Mmm ? souffla-t-elle.

— Non, rien.

Il lui effleura les cheveux d'un baiser en respirant son parfum. Il avait encore envie d'elle, mais résista. Elle n'avait pas l'habitude. Il fallait la ménager.

— Dors, murmura-t-il.

Isidora n'avait jamais dormi avec un homme. Ramon prenait beaucoup de place. Quand elle se réveilla, à l'aube, tout au bord du lit, elle faillit tomber et se raccrocha à son bras.

— Où vas-tu ? articula-t-il d'une voix endormie.

— Nulle part. Je…

Sans pouvoir s'en empêcher, elle se mit à explorer du

bout des doigts son corps viril, de la toison de son torse jusqu'à son sexe déjà tendu.

Il semblait retenir son souffle sous ses caresses.

— Je te fais mal ?

— Oh non, ne t'arrête pas.

Isidora fut surprise de sentir une onde de chaleur courir sur son ventre. Encore un peu meurtrie par leurs étreintes de la veille, elle savourait pourtant la découverte d'une sensualité qui ne demandait qu'à s'épanouir. Étalant sa longue chevelure défaite sur la nudité de Ramon, elle raffermit la pression de ses doigts.

— J'essayais de me contrôler, marmonna-t-il, mais puisque c'est ainsi…

Il l'embrassa, puis effleura ses seins et l'intérieur de ses cuisses.

— C'est douloureux ?

— Non…, soupira-t-elle avec langueur.

Il roula sur le côté et revint très vite vers elle, pour la pénétrer.

Ce fut encore mieux que la première fois. Peut-être parce qu'elle n'avait plus peur, et aussi parce que Ramon répéta son prénom plusieurs fois, comme une incantation. La volupté se répandit jusqu'au bout de ses doigts et de ses orteils tandis qu'ils communiaient dans un plaisir parfait, infini.

Ils recommencèrent après le petit déjeuner. Sans se consulter, retombant d'un commun accord entre les draps froissés, ils s'étreignirent avec une passion qui les laissa inertes et pantelants.

— C'est de la folie, lâcha son amant, encore essoufflé. Je ne peux pas me passer de toi.

Isidora sentit son cœur se serrer. Il prononçait sans doute les mêmes mots avec toutes ses maîtresses. Peut-être même essayait-il de réparer les blessures qu'il avait jadis infligées à son amour-propre. Heureusement, Isidora ne prenait pas ses paroles pour argent comptant. L'éternel optimisme de son père lui avait servi de leçon : chaque fois, il avait cru Francisca, et chaque fois il avait été déçu.

Réprimant son amertume, elle s'assit en lui tapotant la cuisse.

— N'exagère pas, tout de même. D'ailleurs, nous devons nous dépêcher. Je retourne me doucher. Sinon, nous serons en retard pour ta mère.

Elle s'immobilisa un instant.

— Il faudra modérer nos élans en public. Je ne veux pas créer de gêne avec tes sœurs.

— Comment ça ? demanda-t-il en repliant un coude sous sa tête.

Comme il était beau, avec sa peau mate, son corps sculptural, magnifiquement proportionné… Elle eut envie de s'installer à califourchon sur lui.

Concentre-toi !

— Je… Enfin… Je ne veux pas avoir l'air d'être toujours amoureuse de toi.

Elle en mourrait, si on la taquinait. Trella avait déjà trouvé leur baiser « très convaincant ». Et quand Isidora s'était défendue en levant les yeux au ciel, Angélique lui avait jeté un regard pensif qui en disait long.

— J'ai autant le droit que toi au respect de ma vie privée, déclara-t-elle.

Une lueur indéfinissable brilla dans le regard de Ramon.

— Tout à fait, acquiesça-t-il.

— Merci.

Elle lui tourna le dos pour dissimuler son anxiété, un étrange sentiment d'insécurité qu'elle ne comprenait pas et ne parvenait pas à contrôler.

Même si Ramon gardait généralement ses distances en public avec les femmes, dans la vie privée, il aimait les marques de tendresse et d'affection que ses maîtresses lui prodiguaient.

Isidora était vraiment ravissante avec ses cheveux défaits qui retombaient sur ses épaules. Il avait une envie irrépressible de les caresser. Il n'arrivait pas à détacher le regard de sa jolie silhouette — ses hanches en particulier.

¡Dios! Il avait vraiment du mal à se maîtriser.

En extase devant ses nièces, elle l'avait complètement oublié. Elle tenait Rosalina dans ses bras et la contemplait avec ravissement. Fermant les paupières à demi, il l'imagina dans quelques années avec ses propres enfants. La vision fut si insupportable qu'il détourna les yeux.

Et vit Angélique qui l'observait…

Sa sœur était très intuitive. Il se sentit coupable, comme si on l'avait surpris en train de faire quelque chose de mal.

Il chercha Henri, qui discutait avec Mélodie, la photographe officielle des Sauveterre. Puisqu'ils étaient tous réunis à Sus Brazos, leur mère voulait immortaliser l'occasion avec une photo de famille, avec le portrait de son mari en arrière-plan. Mélodie commença à placer chacun. Isidora s'approcha alors d'Henri et lui tendit Rosalina.

— Je dois appeler mes parents. Ils doivent être rentrés à Madrid.

Elle s'éclipsa sous ce prétexte.

— Où est votre fiancée ? lui demanda Mélodie avec surprise.

— Elle est partie téléphoner, répondit-il d'un ton énervé. Ne l'attendez pas.

Isidora ne ferait jamais *officiellement* partie de la famille. Elle n'avait pas à figurer sur la photo.

— Ah, dit simplement la photographe en lui indiquant sa place.

Évidemment cela paraissait bizarre…

— Il n'a pas vraiment l'intention de se marier, expliqua Trella. C'est juste un coup de pub. Soi-disant pour m'aider.

Elle se tourna vers lui.

— Et ce n'est pas la peine de me jeter des regards noirs.

Il pointa l'index sur le ventre proéminent de sa sœur.

— Jusqu'à quand vas-tu garder le silence ?

— Oh ! je t'en prie. Mélodie ne dira rien à personne.

— Cela ne change rien à ton comportement hypocrite. Cesse de t'immiscer dans mes affaires et parle au père de ton enfant. Appelle-le !

— Qui se mêle de ce qui ne le regarde pas, à présent ? Devant tout le monde en plus ! C'est toi l'hypocrite !

— Taisez-vous ! grommela Henri en s'installant pour la photo avec Cinnia et leurs bébés. Et souriez.

Trella lui envoya un coup de coude dans l'estomac.

— Tu es infernal, lui dit-elle.

Ramon comprenait pourquoi il s'était toujours tellement mieux entendu avec Gili. Il glissa un œil dans la direction de celle-ci. Calme et sereine auprès de Kasim, elle rayonnait de joie.

Il ne s'était pas préparé à tous ces changements dans la vie de ses frère et sœurs. Le fondement de toute son existence se réorganisait. Il allait falloir s'ajuster.

Gili le regarda en haussant un sourcil interrogateur et il baissa la tête. Devant lui, les boucles brunes de Trella retombaient en cascade sur son dos. Il céda à la tentation.

— Il m'a tiré les cheveux ! s'écria-t-elle comme une petite fille, avec son intonation d'autrefois.

— Cafteuse !

Tout le monde éclata de rire. Un flash les éblouit.

— Parfait ! lança Mélodie, satisfaite semblait-il.

Elle prit quelques clichés supplémentaires. Puis Ramon quitta le groupe en interpellant Henri :

— Nous avons besoin de discuter.

— Rio ? Oui.

D'un mot, ils se comprenaient. Ramon supervisait depuis deux ans un projet d'envergure pour l'aménagement du port de Rio. La Fondation Sauveterre en Amérique du Sud avait en effet été pressentie pour une expertise : évaluer la crédibilité politique et financière de l'entreprise.

— Tu iras au Brésil, Ramon ! lança Trella.

Les deux frères plaisantaient souvent entre eux au sujet de leur petite sœur. Si elle avait été plus âgée à la mort de leur père, elle les aurait sûrement écartés pour prendre seule la direction de Sauveterre International. Malheureusement, ainsi qu'Henri et Ramon en avaient conscience, sa vie personnelle chaotique l'avait empêchée de réaliser pleinement son potentiel. La Maison des Jumelles, sa griffe de haute couture, comptait parmi les ateliers de création les plus réputés dans le monde entier — Trella était diplômée en stylisme.

Le voyage à Rio était planifié depuis longtemps, avant l'accouchement de Cinnia et le départ de Gili pour le Moyen-Orient.

— Il ne faut pas annuler pour moi, reprit Trella, la mine boudeuse.

Les jumeaux s'interrogèrent du regard. Leur mère pouvait intervenir auprès de Trella si nécessaire, même si elle avait parfois tendance à s'affoler.

— Je ne suis pas si loin de Paris, en avion, intervint Gili en posant la main sur le bras de son mari. Kasim comprend parfaitement.

— Je n'apprendrai jamais à me débrouiller seule si vous êtes tout le temps après moi, insista Trella. Je *veux* que Ramon parte comme prévu.

Il secoua la tête.

— Trella…

Elle lui fit face.

— Si j'ai vraiment besoin de quelqu'un pour me dicter ma conduite, j'appellerai le père de mon enfant. Laissez-moi tranquille, à la fin !

— Cela suffit, tous les deux, conclut Henri. Ne commencez pas une troisième guerre mondiale. Tu y vas, Ramon. S'il se passe quelque chose, nous sommes là, Gili et moi.

Isidora passa une semaine de rêve à Rio de Janeiro avec Ramon. Ce voyage valait toutes les lunes de miel. Pendant tout le séjour, elle flotta sur un nuage.

Pourtant, ils travaillaient et se rendaient tous les jours au siège de la compagnie. Ils visitèrent aussi plusieurs fois le site du futur chantier pour les repérages — il fallait constituer un dossier de presse avec des photos et des fiches techniques. Ils rencontrèrent également de nombreuses personnalités influentes, au cours de soirées ou de cocktails donnés en leur honneur.

Les paparazzis les suivaient à la trace. Ramon, qui avait participé à des courses à São Paulo, avait laissé un très bon souvenir au Brésil, et l'animosité envers elle était retombée. Son « fiancé » jouait parfaitement son rôle ; il semblait même très amoureux.

Pour elle, la vigilance s'imposait, car elle aurait pu croire sinon au conte de fées. Elle se rassurait comme elle pouvait. Comment n'aurait-elle pas été troublée par la concrétisation de son amour d'adolescente, qui de surcroît s'accompagnait de la découverte de la sexualité ? Malgré ses exhortations à la prudence, elle se sentait étrangement en phase avec Ramon, d'autant plus qu'il donnait l'impression d'éprouver la même chose.

Car il ne paraissait pas jouer la comédie. En privé, il se montrait tout aussi charmant et prévenant qu'en public. Ils se réfugiaient dans son loft aussi souvent que possible. Là, il la comblait d'attentions. Il effleurait son pied nu d'une caresse pendant qu'ils buvaient leur café face à l'océan, ou l'asseyait contre lui dans son spa, sous les étoiles. Ils faisaient l'amour à tout moment. Il recherchait continuellement son contact et lui disait des mots tendres. Ils bavardaient de tout et de rien, de musique, de théâtre, de cinéma, et s'envoyaient même des textos coquins en réunion.

Ils auraient déjà dû repartir depuis deux jours, mais Ramon avait suggéré de prolonger leur séjour jusqu'à la signature officielle du contrat. Isidora s'était réjouie de ce supplément de bonheur.

Ils se tenaient au sommet du Páo de Açúcar, ou Pain de Sucre, et contemplaient bouche bée la vue extraordinaire. Ils étaient montés en téléphérique avec toute l'équipe qui collaborait au projet. Des petits nuages blancs, vaporeux, émaillaient le ciel d'azur. Rio de Janeiro s'étendait à perte de vue entre des montagnes verdoyantes. Une bande de sable doré séparait la terre des eaux bleu-vert qui miroitaient à l'infini sous le soleil.

Isidora avait l'impression d'avoir le monde à ses pieds. Elle éprouvait une immense gratitude envers Ramon, qui l'avait emmenée jusqu'ici et la choyait comme une femme aimée.

Elle l'aimait.

Oh non… !

Prise de vertige, elle s'accrocha à la balustrade comme si elle craignait d'être précipitée dans le vide. Cette fois-ci, venait-elle de réaliser, il ne s'agissait pas d'une simple passade d'adolescente. C'était le grand amour, le seul, le vrai, celui qu'on ne trouve qu'une fois dans sa vie.

Mon Dieu, non…

La main de Ramon se posa sur sa nuque.

— Quelle bonne idée…

Elle sursauta si violemment qu'il s'interrompit, les sourcils froncés.

— Je voulais seulement te féliciter d'avoir organisé cette petite sortie pour les remercier. Ils sont ravis. Tout va bien ? Tu es très pâle.

— J'ai le vertige.

Son cœur battait à tout rompre, comme le jour où il avait annoncé leurs fiançailles devant un parterre de journalistes. Comme cela semblait loin !

Ramon lui avait apporté un café, qu'elle but à petites gorgées.

— C'est notre dernier jour, déclara-t-elle, songeuse. Le *cafezinho* me manquera, en France.

Un silence tomba. Oui, le retour serait difficile.

— Et si nous restions encore un peu ? suggéra-t-il tout à coup, les yeux fixés sur le Corcovado. Tu n'as pas encore vu la statue.

Le Christ rédempteur. Cherchait-il à lui faire plaisir ou en avait-il envie lui aussi ?

— Comme tu veux, répondit-elle.

Elle s'en remettait complètement à lui. C'était lui qui décidait. De prolonger encore un peu ou de tout arrêter…

Brusquement, elle se sentit mal et ouvrit la bouche pour avaler une goulée d'air. Au même moment, une sonnerie stridente retentit et Ramon sortit son téléphone avec une expression terrifiée.

— Que… ?

— C'est le signal d'urgence, expliqua-t-il en l'entraînant à l'écart.

Il jeta un coup d'œil à l'écran.

— Trella est chez le prince d'Elazar.

10.

Ramon était furieux. Contre lui-même. Comment avait-il pu négliger à ce point ses responsabilités ? En prolongeant son voyage, il avait manqué à tous ses devoirs.

Ils retournèrent précipitamment au loft pour faire leurs bagages. Leur avion était prêt à décoller.

En raison de ses nombreux allers-retours entre Rio et Paris, il voyageait toujours léger. Mais Isidora avait éparpillé ses affaires un peu partout. Il avait d'ailleurs contribué à ce joyeux désordre. Le jour où elle l'avait timidement pris dans sa bouche, il avait défait son chignon et posé les épingles à cheveux sur une étagère. Le foulard sur la table basse avait servi à l'attacher par les poignets pendant un entracte érotique. Il avait même une culotte en soie dans la poche de sa veste, dérobée deux jours plus tôt au bureau.

Il était temps de mettre un terme à ces débordements.

Il jeta le tout dans la valise ouverte.

— Merci, fit Isidora.

Puis elle se retourna en rougissant et remplit sa trousse de toilette.

— As-tu parlé à Trella ? demanda-t-elle.

— Non.

Elle était apparemment partie de son plein gré avec le prince en prévenant Henri. Mais au dire de Gili, elle était sous l'emprise d'une crise d'angoisse.

— Angélique va y aller ?

— Non. Ce n'est pas la place de la reine du Zhamair. C'est mon rôle.

Isidora devint cramoisie.

— Suis-je à blâmer ?

— Pas directement.

— Ah. Mais un peu tout de même…

— Je me suis laissé dominer par ma libido. Je n'aurais pas dû. Je ne suis pas raisonnable.

Elle inspira profondément, comme si elle avait reçu un coup au creux de l'estomac.

— Je sais que tu es très ennuyé, mais…

— Non, tu ne sais *rien du tout*. C'est bien pour cela qu'il n'y a pas de place pour une femme dans ma vie.

Il eut un geste de lassitude.

— C'est fini.

L'air choquée, sa superbe maîtresse renversa la tête en arrière et il se prépara à une dispute. Elle allait résister, l'implorer ou tenter de l'amadouer…

Ce fut pire : elle se résigna sans protester.

— *Bueno*, dit-elle doucement en ramassant sa valise sur le lit.

Interloqué, il ne bougea pas, écoutant seulement le bruit des roulettes sur le carrelage en céramique. Quand il la rejoignit sur le seuil, il était incapable de prononcer un son.

Ils gardèrent le silence jusqu'au moment d'embarquer, et même après. Ramon refusait de s'interroger sur ce qu'Isidora ressentait. Elle comprenait forcément. Elle s'était lancée dans cette aventure les yeux grands ouverts. Quant à lui, il avait eu tort de céder au désir.

Le vol durait douze heures. Ils somnolèrent dans leurs fauteuils chacun de leur côté, au lieu de s'installer tous les deux dans la cabine grand luxe, comme à l'aller. En arrivant à Paris, Ramon prit ses dispositions pour faire conduire Isidora chez lui pendant qu'il continuait seul vers Elazar.

— Appelle-moi si je peux rendre service, dit-elle simplement en partant.

La présence calme et discrète d'Isidora lui manqua étrangement pendant le reste du voyage. Elle ne faisait pas semblant de comprendre les tourments auxquels il était en proie. Personne ne le pouvait, sinon ceux qui avaient partagé son passé. Mais elle s'inquiétait sincèrement pour lui. Pendant le voyage de retour, elle avait brillé comme une lumière dans la nuit, l'empêchant de s'abandonner à de sombres scénarios.

Ses funestes pensées menaçaient de le submerger lorsque l'avion atterrit à Lirona, capitale d'Elazar, où on le fit attendre une demi-heure pour des raisons de sécurité. Vingt minutes après être sorti de l'aéroport, il se retrouva enfin en présence de sa sœur. Recroquevillée au fond d'un canapé, elle avait sa mine épouvantable des mauvais jours.

— Que fais-tu ici ? lui jeta-t-elle.

Sa question agressive le prit de court. Son visage portait les stigmates d'une crise sévère. Elle avait les joues creuses, les paupières gonflées et mordait constamment ses lèvres gercées. Elle portait un pull-over d'homme sur un pantalon en soie, avec des ballerines aux pieds. Une fois que le pire était passé, elle avait toujours très froid.

— Je suis venu te chercher, répondit-il tranquillement.

Très pâle, elle croisa les bras.

— Je t'ai dit de ne pas venir.

— Pas à moi. À Henri et Gili.

— Tu étais en Amérique du Sud, en train de t'envoyer en l'air avec Izzie.

Il eut un mouvement de recul en l'entendant décrire aussi prosaïquement sa relation avec Isidora. Mais d'abord, comment était-elle au courant ?

— Tu lui as parlé ? Quand ?

— Non. Mais tu viens de confirmer nos soupçons. Gili l'aurait parié. Comment as-tu pu ?

Il se pinça la base du nez, excédé.

— Je viens de faire vingt heures d'avion pour *toi*.

Ce qui expliquait sans doute ses idées confuses. Mais d'où venait cette douleur sourde qui le tenaillait ? Il se sentait désorienté. Quelque chose d'essentiel lui manquait.

— Alors ne me fais pas endosser le rôle du méchant, ajouta-t-il.

Elle pointa sur lui un index accusateur.

— Cette histoire de fiançailles est ridicule. Si tu veux coucher avec Izzie, c'est ton affaire. Je ne veux pas te servir de prétexte.

— Bon, ce qui se passe entre Isidora et moi ne regarde que nous. Si tu me parlais plutôt de ce qui t'arrive ?

— Combien de fois devrai-je le répéter ? Tu n'as pas à te mêler de ma vie. Moi, au moins, je ne profite pas des autres. Je respecte les sentiments de Xavier et je ne lui ai jamais donné de faux espoirs. Contrairement à toi avec notre amie ! Qu'as-tu raconté à Isidora ?

— Je ne te répondrai pas.

— J'insiste. J'ignore pourquoi elle nous est ainsi dévouée corps et âme, mais cela ne te donne pas le droit d'en abuser et de lui briser le cœur.

— Je ne lui ai pas brisé le cœur ! s'emporta-t-il.

Au moment même où il prononçait ces mots, il se remémora son expression, à Rio. Elle s'était refermée brutalement, retranchée derrière une muraille défensive.

Ramon s'assombrit. Il se sentait coupable de l'avoir rejetée. Mais comment agir différemment ? Il ne pouvait pas à la fois avoir une liaison avec elle et soutenir sa famille. Le tiraillement l'obligeait à rompre. De toute façon, leur relation n'aurait pas duré éternellement. Elle le savait, n'est-ce pas ?

— Si, Ramon, tu lui as fait beaucoup de mal, reprit Trella. J'en ai la conviction intime, même si j'ignore ce qui s'est passé exactement. Elle ne me l'a jamais confié. Elle est trop gentille.

— C'était un malentendu, protesta-t-il. Nous l'avons dissipé.

En y repensant, il avait honte.

— Isidora est mon amie, insista sa sœur. Laisse-la tranquille. Arrête de…

— Tais-toi !

— Non.

La porte s'ouvrit à ce moment-là sur le prince Elazar en personne, accompagné de trois gardes. Grand et imposant, il irradiait l'autorité.

— Partez tranquillement ou je vous fais jeter dehors, lui lança-t-il.

Ramon le vit se camper agressivement devant lui, les poings sur les hanches.

— Non.

Trella s'interposa vaillamment en enserrant son frère par la taille. Pour une fois, non seulement elle ne semblait pas avoir peur, mais elle prenait sa défense.

— Je lui expliquais des choses qu'il a du mal à entendre, expliqua-t-elle au prince Xavier. Nous avons perdu notre calme, comme souvent. Mais nous nous aimons beaucoup malgré nos disputes. N'est-ce pas, Ramon ?

Elle lui donna un coup de menton affectueux en fronçant le nez. Au fond de ses yeux, l'angoisse n'avait pas tout à fait disparu. Comme toujours, Ramon lui en voulait de lui compliquer la vie, mais la tendresse l'emportait sur la colère. Il la serra dans ses bras.

Au bout d'un moment, elle s'écarta, solennelle.

— Tu m'as beaucoup aidée, Ramon. Chaque fois que j'appelais au secours, tu étais là. C'est grâce à toi que je suis capable de m'en sortir seule aujourd'hui. Et je sais que tu viendras encore si j'ai besoin de toi. Cela représente énormément pour moi.

Elle s'interrompit et arbora une expression résolue.

— Mais là, je ne t'ai rien demandé, conclut-elle.

Il écarta les mains.

— *Bueno*.

— Sois plus gentil avec Iz...

— Non, coupa-t-il. La non-ingérence doit être réciproque. Et maintenant, si tu me présentais à ton hôte ?

Ramon partagea un repas parfaitement civilisé avec Xavier et Trella. Il donna des nouvelles à sa famille, et par SMS à Isidora, qui n'avait pas répondu à son appel en direct. Puis il dormit dans une chambre somptueuse, qui avait accueilli d'illustres invités au cours des siècles passés.

Au moment de son départ, Isidora n'avait toujours pas répondu à son message.

— Dorénavant, le secrétaire général du palais s'occupera de mes relations publiques, le prévint Trella. Tu serais donc bien avisé de mettre en sourdine tes histoires avec Izzie.

Sur ce conseil de sa sœur, Ramon quitta fort mécontent le royaume d'Elazar. Désormais, il n'avait plus aucune raison valable de prolonger ses pseudo-fiançailles...

À l'escale, il essaya d'appeler encore deux fois Isidora, qui ne daigna pas décrocher.

Laisse-la tranquille ! lui souffla une petite voix intérieure raisonnable.

L'avait-il réellement peinée ou importunée ? Il ne s'était même pas posé la question. Généralement, il se contentait de profiter des bons moments sans trop analyser.

Même si les meilleures choses avaient une fin, il avait des regrets. Sur le plan sexuel, Isidora et lui s'entendaient divinement. Mais il ne s'agissait pas uniquement de plaisir physique. Depuis qu'il était fiancé, les oiseaux de proie qui le guettaient sans relâche gardaient leurs distances, ce qui était très agréable. En outre, certaines corvées de la vie sociale, partagées, devenaient plus légères. Et dans l'intimité, Isidora avait une conversation stimulante, souvent pleine d'humour.

Elle ne se projetait pas dans l'avenir, se répétait Ramon constamment pour se rassurer. Avait-il eu tort de prolonger leur séjour à Rio ?

Et bon sang, pourquoi s'inquiétait-il autant ?

Il vérifia les comptes rendus de son service de sécurité. Tout était normal. Même ses fans s'étaient calmés sur les réseaux sociaux. On s'interrogeait seulement sur la date du mariage. Ramon refoula ses regrets. Il fallait en finir clairement, une bonne fois pour toutes, lever toutes les ambiguïtés.

Il arriva à Paris pendant les heures de bureau et alla directement travailler. Isidora n'était pas là.

— Où est-elle ? demanda-t-il à Étienne, avec une appréhension grandissante.

— Elle ne vous a pas appelé ? Bernardo a eu une crise cardiaque. Elle est partie à Madrid. J'attends des nouvelles.

Ramon ressortit aussitôt en composant le numéro du pilote de son jet privé.

— Pourquoi ne m'as-tu pas appelé ?

La voix de Ramon résonna en même temps que le bruit de ses pas. Quand il posa la main sur son épaule, Isidora se raidit.

Ramon dut le sentir car il la lâcha, peut-être pour ne pas rajouter à sa nervosité. Il se rapprocha du lit où son père était couché. Un appareil respiratoire lui cachait à moitié le visage et une perfusion était fixée à son bras. Dans le silence, on entendait le bruit rauque de son souffle et les bips de l'électrocardiogramme.

— Ta mère était avec lui ? demanda Ramon. Où est-elle ?

Tout en serrant les doigts de son père, Isidora secoua la tête. D'après la gouvernante de Bernardo, Francisca était repartie depuis plusieurs jours. Elle n'était pas chez elle. Isidora avait tenté de la joindre, sans succès. La réconciliation n'avait pas duré longtemps…

Elle ignorait ce qui avait provoqué l'infarctus de son père et n'avait pas envie d'affronter la situation pour l'instant.

Concentre-toi sur le positif ! se répétait-elle sans cesse.

— Il a bien supporté l'opération, expliqua-t-elle. Les médecins sont optimistes.

— Tu as l'air épuisée. As-tu dormi ? Mangé ? Depuis quand es-tu là ?

— Pourrais-tu arrêter de me poser des questions ? J'étais en train de parler à papa, de lui dire que je l'aime. Tu peux t'en aller. Moi, je reste là.

Ramon secoua la tête. Il avait décidé qu'il n'allait pas abandonner Isidora. Ce n'était pas une option.

Il fit ce qu'il pouvait, demanda un pronostic à une infirmière sur la réserve et informa son frère et ses sœurs. Ensuite, il chercha un distributeur de café et apporta une tasse à Isidora.

— *Gracias.*

Elle but quelques gorgées sans quitter son père des yeux.

Plusieurs heures passèrent. Puis, brusquement, Francisca arriva, affolée.

— *¡Ah, mi ángel! Lo siento mucho.* J'aurais dû venir plus tôt. Je n'avais pas mon portable. Comment va-t-il ?

Les yeux rouges, gonflés, elle éclata en sanglots à la vue de Bernardo, une main sur le montant du lit, l'autre sur la taille de sa fille. Puis elle se mit à pleurer contre l'épaule de celle-ci, pendant de longues minutes. De grosses larmes se mirent aussi à couler sur les joues d'Isidora, qui gardait néanmoins ses distances.

— Tu m'en veux ! s'écria soudain Francisca.

Prise de panique, celle-ci se tourna vers lui.

— Est-ce que… ?

Il secoua la tête. Non, il n'avait pas dévoilé à Isidora le secret de sa naissance. Ce n'était certainement pas le moment ni à lui de le faire.

— Tu n'aurais pas dû partir, *mama*, reprocha Isidora à sa mère, furieuse. Le quitter, encore !

— *No para un hombre*. Je le jure.

Elle agrippa le bras de sa fille.

— Je suis allée me détendre dans un spa. Nous nous étions disputés, j'avais besoin de…

— Non, *mama*, assez !

Un mélange de peur et d'affolement se peignit sur les traits de Francisca.

— Tu dois me croire, *querida*. Bernardo veut se remarier avec moi. J'ai accepté de revenir vivre avec lui, mais il a insisté. Et maintenant, il risque de mourir…

— Non, il s'en sortira. Il le faut.

Isidora essaya de consoler sa mère, qui avait l'air d'une enfant perdue. C'était le monde à l'envers, songea Ramon, embarrassé.

Peu après, un médecin leur annonça que le pronostic vital de Bernardo n'était pas engagé. Ramon proposa alors de raccompagner Isidora, qui avait besoin de se reposer. Épuisée, elle s'endormit dans la voiture.

Quand Isidora se réveilla, ils étaient dans la propriété familiale des Sauveterre.

— Tu ne me ramènes pas chez moi ? demanda-t-elle.

— Chez ta mère ?

— Non, j'ai un appartement à Madrid, désormais. Je l'ai acheté quand j'ai demandé ma mutation. J'y ai déjà déménagé mes affaires. Je comptais finir de déballer les cartons.

— Cela attendra. Tu vas rester un peu ici.

Elle le suivit comme un zombie dans la vaste demeure, érigée au XIXᵉ siècle par son arrière-grand-père maternel.

Très peu de gens en dehors du cercle très étroit de la famille avaient pénétré dans cette maison, où Ramon avait vécu enfant, jusqu'au kidnapping de Trella. Ensuite, ils avaient fait construire une vraie forteresse à Sus Brazos, dans le sud de l'Espagne. Depuis, la propriété de Madrid avait été modernisée et sécurisée. Mais elle conservait son charme d'antan, avec de superbes vitraux, des rinceaux ouvragés et des colonnes de marbre à chapiteaux. Cela faisait du bien de se sentir chez soi, et les domestiques étaient ravis de s'occuper de lui.

— Le dîner est servi, annonça-t-il. Tu dois manger un peu avant de te reposer.

Elle poussa un soupir de résignation mais, une fois attablée, le *cocido madrileño* lui mit apparemment l'eau à la bouche.

— Je suis au courant depuis longtemps, dit-elle doucement, après quelques cuillerées.

— *¿Perdóname?* fit Ramon en fronçant les sourcils. De quoi diable parlait-elle ?

— Maman t'a tout raconté la nuit où vous avez parlé, j'imagine ?

Ses joues paraissaient encore plus creuses à la lumière, et ses yeux marqués par des cernes mauves.

— Je ne sais pas de quoi tu parles.

Un sourire triste tremblota sur ses lèvres.

— Ma mère n'a jamais été fidèle. Elle a beaucoup trompé mon père, depuis le début. Il l'a épousée parce qu'elle était enceinte en espérant qu'elle s'assagirait. Mais rien n'a changé. Il voyageait énormément pour son travail…

— Oui. Sans lui, Sauveterre International ne serait pas l'entreprise florissante qu'elle est aujourd'hui. Bernardo a aussi été l'un des rares à nous soutenir à la mort de notre père. Il a eu assez de courage pour prendre notre défense au conseil d'administration. Nous lui devons beaucoup.

— Je sais.

Isidora s'interrompit un instant.

— Il s'est donné à fond. Il était très ambitieux dans sa jeunesse, mais la vie de famille comptait aussi beaucoup pour lui. Sinon, il aurait divorcé. Il ne l'a pas fait pour deux raisons. D'abord, par peur de perdre la bataille juridique pour obtenir ma garde. Ensuite, pour ne pas reproduire à mon détriment le schéma qui avait rendu Francisca si malheureuse dans son enfance. À peu près quand j'ai eu l'âge d'aller à l'école, il a commencé à avoir des doutes sur sa paternité. Parce que je ne lui ressemblais pas du tout. Un test ADN a confirmé ses soupçons.

Ramon s'immobilisa, la cuillère en l'air.

— Il n'a pas confronté Francisca à la vérité ?

— Non. Il était furieux, évidemment. Assez pour divorcer sur-le-champ, mais… il m'aimait. Ne sachant que faire, il a demandé conseil à ton père, qui lui a dit : « De toute façon, c'est toi, le père d'Isidora. » Il est donc resté un peu plus longtemps. Cela n'a pas été facile pour lui. Mais je suis infiniment reconnaissante à ton père.

Ramon songea à la phrase de Trella : « J'ignore pourquoi elle nous est ainsi dévouée corps et âme. »

— Je comprends mieux pourquoi tu as accepté nos fiançailles, murmura-t-il.

Il avait envie de disparaître sous terre tellement il avait honte. La noblesse dont son propre père avait fait preuve par le passé le remplissait d'orgueil : il avait garanti à Isidora les chances d'avenir et le bonheur qu'elle méritait. Et lui, des années plus tard, en avait profité sans scrupules.

— Je l'aime tant, murmura-t-elle avec émotion. J'ai compris très tôt que maman n'était pas… comme les autres. Je mentais à papa pour couvrir ses frasques. J'avais trop peur qu'il découvre ses infidélités et qu'il nous quitte. Qu'il *me* quitte.

Elle se mordit la lèvre. Ramon prit une profonde inspiration pendant qu'elle continuait :

— La mort de ton père a été un coup dur pour papa, et a marqué une étape dans sa vie. Il a réfléchi à tous les sacrifices qu'il s'imposait en restant marié. Il espérait qu'en divorçant il cesserait d'aimer sa femme. Cela ne s'est jamais produit. En tout cas, il m'a tout raconté au moment où il a entamé la procédure.

— Pourquoi n'en as-tu jamais parlé avec Francisca ?

Elle secoua la tête tristement.

— Maman est un peu handicapée, en ce qui concerne les relations humaines. Comme elle n'a pas eu de parents, elle ne sait pas se comporter en mère affectueuse. C'est pour cela que j'avais tant besoin de papa. Si j'avais pu, je serais allée vivre avec lui après leur divorce. Mais, en sachant qu'il n'était pas mon vrai père, elle n'aurait pas supporté que je le préfère à elle. Elle est très fragile et se repose beaucoup sur moi. Je ne sais pas ce qu'elle deviendrait sans moi. Je ne peux pas imaginer sa réaction si elle apprenait que je sais tout. Elle s'effondrerait sûrement. Quant à lui demander qui est mon père biologique... Elle ne le sait peut-être pas elle-même. En tout cas, je la perdrais, c'est sûr. Je ne veux pas courir ce risque.

Tant de générosité le touchait infiniment et le remplissait d'humilité.

— Je suis vraiment fatiguée. Je peux aller au lit, maintenant ? demanda-t-elle en repoussant son assiette.

Elle y avait à peine touché...

Il l'accompagna à l'étage et lui donna sa propre chambre. Elle enleva son pantalon comme un automate et fit glisser son soutien-gorge par-dessous son chemisier. Puis elle se glissa entre les draps et s'endormit aussitôt.

Ramon la contempla pendant un long moment en s'interrogeant. Qui d'autre saurait l'aimer autant que lui ?

**

Tout n'avait été qu'un cauchemar. Ils étaient encore à Rio. Ramon ne l'avait pas abandonnée à Paris et elle n'avait pas reçu ce coup de téléphone qui l'avait ébranlée.

Tout en sachant qu'elle était dans le lit de Ramon, à Madrid, Isidora s'autorisa à rêver encore un peu et tendit la main vers le corps nu et rassurant de son amant. Immédiatement, il la serra contre lui.

— Tu as besoin de repos, chuchota-t-il.

— Je suis en train de dormir, répliqua-t-elle en frottant le nez dans sa barbe.

Elle se mit à le caresser.

— Je rêve, ne me réveille pas…

Avec une exclamation étouffée, Ramon la prit par les cheveux et roula sur elle, lourdement. Le temps ralentit. Un à un, il défit les boutons de son chemisier, en ponctuant chaque geste d'un baiser. Quand sa bouche se referma sur son sein, elle pleurait presque.

— Touche-moi, supplia-t-elle en guidant sa main vers son sexe.

Il obéit avec un soupir sourd. Puis, lentement, les lèvres de Ramon descendirent, toujours plus bas, vers son ventre frémissant et le cœur palpitant de sa féminité.

Il lui offrit une volupté infinie, qu'Isidora accueillit dans un joyeux abandon. Aucun homme ne lui donnerait jamais autant de plaisir. Il fallait jouir du moment présent. *Maintenant.*

Elle poussa un cri, déçue que cela ne dure pas plus longtemps.

Il s'écarta pour chercher un préservatif et elle soupira de contentement lorsqu'il se glissa en elle. Il lui fit l'amour longtemps, lentement, comme s'il voulait lui aussi prolonger cette union charnelle. Comme s'il savait lui aussi que c'était leur dernière fois…

Mais cela ne pouvait pas durer éternellement. Leurs

corps avides réclamaient l'assouvissement. Ivre de désir, Isidora pressa les paumes au creux des reins de Ramon, de toutes ses forces. Puis, dans une pulsion animale, elle s'arc-bouta à sa rencontre pour le sentir au plus profond, en se délectant de cette sauvagerie inouïe, presque violente.

Elle s'agrippa à lui éperdument, en oubliant tout le reste. Il n'y avait plus qu'eux. Pour toujours. Pour l'éternité.

Quand le monde explosa subitement, elle éprouva une libération intense. Et pourtant, en même temps, un horrible sentiment de perte.

11.

Isidora avait les nerfs à vif lorsqu'ils arrivèrent à l'hôpital. Elle avait à peine échangé quelques banalités avec Ramon au petit déjeuner. Comme ils n'avaient pas reparlé de ce qui s'était passé pendant la nuit, elle avait la sensation d'abriter un secret honteux.

Elle avait l'impression de ressembler à son père, qui revenait chaque fois vers Francisca plein d'espoir et d'optimisme, mais finissait toujours par être déçu.

Bernardo était réveillé. Encore très affaibli, il remontait néanmoins la pente. Satisfait de ses progrès, le médecin allait lui faire quitter l'unité de soins intensifs et rechercher des solutions pour sa convalescence lorsqu'il sortirait l'hôpital, d'ici une semaine ou deux.

— Je resterai avec lui, proposa Isidora.

C'était le prétexte rêvé pour rompre définitivement ses fiançailles avec Ramon.

— Oh non, *querida*, protesta sa mère. Tu as un mariage à organiser. Moi aussi, d'ailleurs...

Elle adressa un sourire éclatant à Bernardo.

— C'est moi qui jouerai les infirmières auprès de ton père. Dans la maladie et la bonne santé, pour le meilleur et pour le pire, *correcto, mi amor* ?

— Mais tu...

— Oui, je voulais réfléchir. Pour être sûre. Mais j'ai eu trop peur de perdre mon seul vrai amour.

Elle se pencha pour embrasser Bernardo sur le front.

— Oui, je vais me remarier avec toi, *mi amor*.

Il réussit à esquisser un faible sourire.

Ne sachant que dire, que penser, Isidora se tut. Un mélange de colère, d'amertume et de peur la terrassait.

Ramon s'approcha pour lui caresser l'épaule.

— Félicitations, dit-il à Bernardo. Nous sommes très heureux pour toi. Francisca, tu dois être épuisée si tu as passé la nuit ici. Je vais te commander un taxi. Quant à nous, nous ne sommes pas pressés de rentrer à Paris. Isidora restera auprès de Bernardo le temps qu'il faudra pour repartir rassurée.

Il sortit pour raccompagner Francisca.

Une fois seule avec son père, Isidora se mit à pleurer en serrant les poings.

— Papa, elle a recommencé. Elle est *partie*.

Et elle lui avait brisé le cœur, littéralement cette fois.

— Je l'aime, chuchota-t-il. Je veux lui redonner sa chance.

Il n'y avait rien à répondre.

— Et toi, que vas-tu faire ? demanda-t-il à son tour.

Elle secoua la tête. Elle n'avait pas envie de revenir vivre à Madrid pour assister au deuxième naufrage du couple de ses parents. Mais elle ne pouvait pas non plus continuer à jouer la comédie des fiançailles.

Elle refusait de donner sa chance à quelqu'un qui ne l'aimerait jamais en retour.

Isidora fut d'humeur morose pendant tout le voyage de retour. Ramon ne pouvait pas l'en blâmer mais, une fois rentré à Paris, il eut envie de la réconforter.

— Tu es chagrinée par la réconciliation de tes parents ? s'enquit-il en leur versant du vin.

— Mmm ? Inquiète, surtout. Mais je ne peux pas faire grand-chose.

Il lui tendit un verre, qu'elle prit distraitement.

— *Gracias.*

Puis elle se renferma dans ses pensées.

— As-tu envie de regarder un film ?

— Non, murmura-t-elle d'une voix absente. Je vais faire mes bagages.

Même si une partie de lui-même s'attendait à entendre ces mots, il ne s'y était pas véritablement préparé. Cela le propulsa brusquement dans un désert glacial, où soufflait un blizzard aveuglant et assourdissant.

— Reste… Nous ne coucherons plus ensemble.

Au même moment, il eut conscience de proférer une stupidité. Isidora lui jeta un regard vide en esquissant un sourire moqueur.

— Je sais.

Ah oui ? Il était perdu, la tête vide. Il songeait même qu'il réussirait à survivre sans sexe. Il était prêt à tout, si seulement elle consentait à rester dans sa vie.

— Tu ne peux pas…

Il se tut en cherchant désespérément des arguments contre son départ.

— Je ne peux plus faire semblant, dit-elle d'une voix grinçante qui lui fit se dresser les cheveux sur la tête. Ce ne sera jamais réel entre nous, n'est-ce pas ?

— Non, acquiesça-t-il, au pied du mur.

Devant sa désolation résignée, il n'y avait pas d'autre solution : Ramon était obligé de lui rendre sa liberté. Il faillit s'excuser, mais elle se détourna avec une expression lointaine.

Elle ne vit pas sa main se lever et se refermer en un poing serré qu'il fourra dans sa poche.

Isidora avait disparu.

En quittant son appartement, elle était allée directement à La Maison des Jumelles. Puis, moins d'une semaine plus tard, il avait perdu sa trace. Elle avait congédié son équipe de sécurité.

Cela le rendait fou d'inquiétude. Il détestait ce sentiment d'incertitude qui le tourmentait constamment et le fragilisait. Il dormait à peine, occupant ses insomnies à se représenter l'enfer qu'allait devenir sa vie, ou à se souvenir du paradis qu'il avait perdu. Il se réveillait dans un lit vide et vérifiait aussitôt son téléphone. Il n'y avait jamais de message d'Isidora. Il était condamné à s'interroger vainement. Où était-elle ? Avec qui ?

Bernardo lui apprit qu'elle avait accepté un poste de relations publiques au sein d'une grande entreprise. Il n'avait pas de précision, mais elle était très contente et elle allait bien.

Au bout de quinze jours supplémentaires, Ramon, n'y tenant plus, appela Killian, leur détective privé et spécialiste en matière de filatures.

— Je veux que vous retrouviez Isidora pour moi.

Le premier instant de surprise passé, Killian exprima son refus :

— Je ne peux pas accéder à votre requête.

— Pourquoi cela ? Elle travaille pour vous ?

— Non.

— Pour un client ?

— Je ne peux pas en dire davantage.

— Pouvez-vous au moins me rassurer ? Elle va bien ?

— Oui.

Ce fut un soulagement, même s'il ne pouvait pas obtenir de renseignements précis.

Environ une semaine plus tard, Angélique lui téléphona. Elle avait le mal du pays et l'invitait à lui rendre visite. Mais à la minute même où il atterrissait au Zhamair, Ramon regretta d'avoir quitté Paris. Et si Isidora venait le voir là-bas ?

Ce qui était plus qu'improbable : il l'avait rendue trop malheureuse.

— Je suis surprise que tu aies accepté mon invitation, dit Gili en l'accueillant dans ses somptueux appartements royaux. La dernière fois, au mariage de Saliq et Hasna, tu étais assez rebuté par certaines restrictions culturelles, si je me rappelle bien. Tu as des mœurs trop légères pour ces contrées…

Sa taquinerie ne le vexa pas. Incapable de méchanceté, sa sœur l'embrassa avec tendresse. Elle portait une grande robe brodée, avec un voile qui lui couvrait souplement la tête, retenu par des chaînes d'or sur son front. Un trait de khôl noir soulignait ses grands yeux aux longs cils recourbés.

— Je ne m'intéresse plus aux femmes comme avant, admit-il sombrement.

Il contourna une ottomane pour aller se placer devant une large fenêtre donnant sur des jardins.

— Tu lui as parlé ? reprit-il tout à coup.

— À qui ?

Il lui jeta un regard impatient.

— Isidora. Je sais par Trella que tu avais deviné certaines choses. Elle t'a contactée ? Tu sais où elle est ? Ce qu'elle fait ?

Sa sœur rajusta son foulard.

— Quand Izzie m'a appelée pour utiliser l'appartement de Paris, elle a juste dit que c'était fini entre vous. Elle a toujours clairement séparé son amitié pour nous et ses sentiments pour toi. Contrairement à bien d'autres femmes, elle ne s'est jamais servie de nous. C'est entre autres pour cela que nous l'aimons.

Brusquement, Ramon se referma. Comment confier ce qu'il avait sur le cœur ? La passion qu'il avait partagée avec Isidora lui semblait soudain beaucoup trop intime, impossible à exprimer, même devant sa sœur chérie.

— C'est aussi pour cela que j'ai volé à son secours quand tu lui as une nouvelle fois brisé le cœur, murmura Gili.

Il fit volte-face.

— Tu… Que veux-tu dire ?

Son cerveau lui souffla la réponse, mais il n'osait y croire. Avec la désagréable sensation d'être trahi, il durcit le ton.

— Elle est ici ? Elle travaille pour toi ? Pourquoi ne m'as-tu rien dit ? Henri le sait ? Et Trella ?

Angélique croisa dignement les mains sur les genoux.

— Après ce que tu lui as fait subir, elle mérite un peu de paix et de répit. Mais Killian m'a fait part de tes inquiétudes et j'ai jugé bon de te rassurer. Elle a une chambre ici, au palais, où elle fait partie de ma suite. Nous sommes sous protection royale. Elle est plus en sécurité que partout ailleurs. Je regrette presque les journalistes et les selfies des touristes, poursuivit Gili en esquissant un sourire. La presse est tellement respectueuse, ici, on n'a pas l'habitude.

— Je veux la voir, s'écria-t-il, assailli par une urgence incontrôlable.

— Pourquoi ? Tu lui as fait trop de mal. Si tu l'aimais…

— Mais je l'aime !

Il avait prononcé cet aveu les dents serrées, comme s'il avait résisté jusqu'à la dernière seconde.

Maintenant qu'une fissure s'était ouverte, un gouffre se creusait. Il ne supportait pas cette béance qu'il exposait à son corps défendant.

— Amène-moi jusqu'à elle, Gili. *Tout de suite !*

Isidora vivait un conte de fées tout droit sorti des *Mille et Une Nuits*.

Son travail était à peu près le même que celui qu'elle effectuait pour les Sauveterre, mais elle se concentrait sur Angélique. Elle était chargée de dépouiller la presse et les publications Internet. En cas de rumeurs concernant la reine, ou portant atteinte à sa réputation ou à celle du royaume, elle en avertissait Kasim, qui l'avait engagée à cet effet.

D'un point de vue purement professionnel, ce poste valait largement celui qu'elle occupait précédemment. Sur un plan plus personnel, même si son patron était un homme, elle avait rarement affaire à lui. La séparation entre les sexes étant très marquée au Zhamair, elle travaillait avec deux collègues femmes, dans une ambiance agréable et détendue.

Elle étendait petit à petit son cercle de relations et aidait Gili à surmonter son mal du pays. Elles déjeunaient ensemble plusieurs fois par semaine, suivaient des cours d'arabe, fréquentaient le hammam et échangeaient leurs avis sur les dessins de nouvelles créations que l'équipe de La Maison des Jumelles envoyait depuis Paris. Quelquefois, quand Kasim était pris le soir, elles commandaient un film occidental et le regardaient dans les appartements privés d'Angélique.

Isidora était logée très au-dessus de son rang, telle une princesse, dans un immense studio dallé de marbre où de superbes paravents ajourés délimitaient les différents espaces. Elle vivait comme à l'hôtel, commandait ses repas à une domestique attachée à son service et jouissait d'un petit bassin d'eau pure où elle adorait se prélasser. Enclos dans un petit jardin de roses, il exhalait des senteurs exotiques de citronnelle, de clous de girofle et de safran qui invitaient à la rêverie.

Elle se désaltéra avec un verre de thé glacé parfumé à la fleur d'oranger, se déshabilla entièrement et descendit quelques marches. Quand elle eut de l'eau à la hauteur des cuisses, elle s'assit et, comme tous les soirs, s'abandonna à la mélancolie qu'elle parvenait à oublier au cours de la journée.

Cette vie privilégiée ne la rendait pas heureuse. Ramon lui manquait. Terriblement. Les coudes sur les genoux, elle essuya les larmes qui coulaient sur ses joues.

Au bruit de pas qui se rapprochaient, elle se redressa, mortifiée d'être surprise ainsi par sa servante. Mais ce n'était pas sa servante. C'était un homme. Celui-là même qui l'avait réduite à cet accablement.

Seigneur...

Était-elle victime d'une hallucination ? Elle ferma les yeux, s'aspergea le visage, rouvrit les paupières. Ramon était toujours là.

Isidora remonta les genoux et croisa les bras.

— Que fais-tu ici ? lança-t-elle.

— Je rends visite à ma sœur, répliqua-t-il platement.

— Tu t'es trompé de porte.

— Je m'inquiète beaucoup à ton sujet.

— Je ne veux pas te parler, Ramon. Pas dans cette tenue. Laisse-moi au moins m'habiller.

Du coin de l'œil, elle le vit ôter ses chaussures, puis son pantalon, qu'il jeta à terre avec son caleçon et ses chaussettes.

— Qu'est-ce que tu fais ?

— Tu avais l'air embarrassée d'être nue alors que j'étais habillé.

Il entra dans l'eau et soupira.

— La température est parfaite.

— Tu es impossible, murmura-t-elle.

Elle avait toujours envie de pleurer, mais pour d'autres raisons. Un espoir fou, et pourtant futile, renaissait timidement.

— Il y a d'autres piscines dans le palais, marmonna-t-elle.

— J'ai parlé à ton père. Il va bien.

Pour le moment, Bernardo et Francisca faisaient bon ménage. Mais il était encore trop tôt pour se réjouir. Elle avait été si souvent désillusionnée...

— Isidora. Regarde-moi.

— Non.

— Pourquoi ?

— Parce que tu vas encore me demander Dieu sait quoi. Cette fois-ci, je refuse, d'accord ? Tu as dépassé les limites.

— Tu ne me demandes pas pourquoi j'ai appelé ton père ?

— Non.

— Tu vas répondre non à toutes mes questions ?

— C'est un piège. Je refuse de répondre.

— Tu es trop intelligente, maugréa-t-il.

— C'est mieux que d'être stupide.

— Pourquoi « stupide » ? Parce que tu m'aimes ?

Elle tressaillit, puis releva la tête et regarda son si inattendu visiteur.

— Non.

Il se tenait les bras écartés sur le rebord du bassin. Des gouttelettes d'eau brillaient dans ses cheveux et ruisselaient sur ses épaules. Derrière lui, le ciel du désert virait au mauve.

C'était un moment de pure magie.

Irréel.

— Ce qui serait stupide, ce serait de te laisser profiter encore une fois de ma faiblesse.

— Je veux t'épouser, Isidora.

— C'est…

Cruel, pensa-t-elle, mais sans prononcer le mot.

— Pourquoi ? demanda-t-elle. Que s'est-il passé ? Peu importe. Je ne veux pas savoir. C'est non, Ramon.

Elle se leva. Il la rejoignit et l'immobilisa contre le bord en l'emprisonnant de ses bras.

— Pourquoi ?

— Je ne veux pas recommencer.

Elle tenta de le repousser, vainement. Ils étaient pratiquement nez à nez.

— Nous sommes bien ensemble, argua-t-il.

— Sexuellement ? Tu me remplaceras aisément.

Il la transperça de son regard vert.

— Non. Je ne pourrai pas. C'est différent quand on aime quelqu'un.

Un maelström d'émotions la submergea. Elle avait besoin d'espace pour respirer, essayer de comprendre ce qui lui arrivait. Surtout, elle voulait garder la tête froide pour ne pas croire à l'impossible.

— Ne… ne dis pas cela. Tu ne me connais même pas. Tu ne…

— Si, je te connais.

Pourquoi lui infligeait-il cette torture épouvantable ? Alors qu'elle était nue et sans défense, déjà à moitié séduite. Elle releva le menton et garda une main ferme sur son épaule pour le tenir à distance.

— Tu ne doutes de rien ! Tu crois encore que tu peux me faire faire n'importe quoi ? Non, c'est fini. D'ailleurs, tu ne veux pas réellement te marier, tu veux juste une femme disponible.

Elle vit que ses paroles le rendaient furieux.

— Si tu continues, c'est moi qui vais avoir des doutes sur ton amour, fit-il.

Elle plissa les yeux en le dévisageant.

— Pourtant, je sais que tu m'aimes, reprit-il, implacable. Tu vois comme je te connais.

Il recula, l'entraînant avec lui.

— Quand tu manges, tu commences par les légumes parce que c'est bon pour la santé, mais tu gardes de la place et de l'appétit pour ce que tu préfères. Tu essaies toujours de trouver un équilibre entre ce qui te plaît et tes principes. C'est ainsi que tu es devenue ma maîtresse, et que tu m'as quitté quand le prix à payer est devenu trop élevé.

Il la ramena vers les marches et s'assit en la prenant sur ses genoux.

— C'est aussi ce qui te pousse à te refuser à moi en

ce moment, continua-t-il. Malgré le désir physique que tu éprouves. Comme moi.

Elle sentait son sexe dur sous ses fesses. Il avait raison, évidemment. Elle mourait d'envie de passer les bras autour de son cou, de se frotter contre lui, de l'embrasser... Et tant pis si elle le regrettait demain matin.

Mais il n'avait pas terminé :

— Je sais aussi que tu as une incroyable capacité à pardonner. C'est ton cœur qui commande. Tu n'as pas peur de souffrir, mais plutôt de faire du mal aux autres. Pourquoi ?

Touchée par sa clairvoyance, elle baissa les yeux.

— À cause de la fragilité de ta mère ? Parce que tu as vu combien le traumatisme de Trella nous a tous ébranlés ? Tu as besoin d'agir, de réconforter, de réparer.

Il lui caressa doucement l'intérieur de la cuisse.

— Tu es si généreuse. Si facile à aimer.

— Ramon..., protesta-t-elle faiblement.

Ses paupières la brûlaient.

— Sinon, j'aurais résisté plus longtemps, reprit-il. J'étais déjà à moitié amoureux de toi, depuis longtemps, mais terrorisé. Je ne *voulais* pas t'aimer.

Il la serra tout contre lui, les lèvres contre sa tempe.

— N'aie pas peur, écoute-moi. Je ne voulais pas t'ajouter à la liste des gens dont je me sentais responsable. J'avais déjà infiniment trop de soucis et d'inquiétudes. J'avais résolu de ne pas me marier pour ne pas exposer ma femme et mes enfants à la pression médiatique, sans parler des dangers qu'induit la célébrité. Mais mon amour pour toi est infiniment plus grand que mes craintes.

Isidora se mordit la lèvre pour s'empêcher de trembler. Elle commençait à croire que ce n'était pas un rêve mais bel et bien réel. Que Ramon l'aimait. *Seigneur...*

— Je peux même te dire le jour précis où j'en ai pris conscience, poursuivit-il, intarissable. Pour l'anniversaire de ton père, quand tu as refusé de danser avec moi. J'ai eu l'impression de t'avoir perdue irrémédiablement. J'ai fait semblant de rien, en me convainquant que c'était pour le mieux. Mais c'était horrible.

— J'étais furieuse, admit-elle, penaude. Je voulais vraiment t'oublier.

— Je sais. Et quand Henri t'a recrutée, je me suis secrètement réjoui. Tôt ou tard, j'allais te retrouver, c'était sûr. Pendant nos pseudo-fiançailles, j'ai admiré ton sang-froid et ta force de caractère. Cela m'a rassuré. La vie avec moi ne sera pas toujours facile, mais tu seras à la hauteur, Isidora. Tu es merveilleuse.

Elle poussa un long soupir, prête à succomber.

— Tu me jures que je ne rêve pas ?

— Non. C'est bien réel. D'ailleurs, j'ai déjà demandé ta main à ton père.

— Vraiment ? s'exclama-t-elle, réjouie par cette nouvelle. Il a dû être très touché. Je t'en remercie.

Cédant enfin au désir, elle se cala contre son corps nu.

— Cela veut dire oui ? demanda-t-il.

— Embrasse-moi d'abord, je répondrai après.

— Non, *mi amor*. Je veux…

— Je sais très bien ce que tu veux, chuchota-t-elle.

Elle se pendit à son cou en ondulant lascivement. Le résultat sur l'anatomie de Ramon ne se fit pas attendre… Il se leva en la gardant dans ses bras.

— *Bueno*.

— Où m'emmènes-tu ?

— Dans un lit.

— Comme une concubine ?

— Je nous déclare mari et femme.

— Tu n'es pas le roi.

— Peut-être, mais je t'aime.

Devant son expression qui reflétait tout l'amour du monde, Isidora se laissa enfin aller, librement et sans réserve, en toute confiance.

144

— Moi aussi, je t'aime.

Ramon ferma les yeux quelques secondes, bouleversé. Même s'il savait depuis très longtemps les sentiments d'Isidora, il savoura cet aveu avec une émotion indicible.

— C'est tout ? insista-t-il solennellement.

— Non. J'accepte de me marier avec toi.

Épilogue

Isidora était en sous-vêtements quand Ramon entra dans leur chambre. Pendant qu'il détaillait le soutien-gorge noir, la culotte et le porte-jarretelles assortis, elle roula des hanches et enfila les chaussures qu'elle avait choisies pour aller avec sa robe. Puis elle jeta un regard provocant par-dessus son épaule.

— Je te plais ?

— Infiniment. Je n'ai plus envie de sortir.

— Oh...

Ils étaient invités à la soirée d'ouverture d'un cabaret chic et elle s'en faisait une joie.

— Je te taquine, dit-il en riant. C'est ton anniversaire, en plus.

Il sortit un écrin de sa poche. Isidora poussa une exclamation admirative en découvrant une paire de boucles d'oreilles en diamants. Il la retint prisonnière quand elle se hissa sur la pointe des pieds pour l'embrasser.

— Tu veux me convaincre de rester à la maison ? plaisanta-t-elle en commençant à enlever son nœud papillon. Je t'écoute.

Cependant, son expression sérieuse l'alerta.

— Qu'y a-t-il ? demanda-t-elle en fronçant les sourcils.

— Rien. Sauf que... je m'impatiente.

— Pourquoi ? Quelque chose t'a déplu ?

Leur mariage la comblait. Toujours sur la même longueur d'onde, ils continuaient même à travailler ensemble. Malgré des emplois du temps très chargés, ils s'entendaient à merveille et conjuguaient parfaitement vie privée et activités professionnelles. Isidora ne voyait pas quel problème aurait pu surgir à son insu.

— Tu es parfaite. C'est moi.

Il la lâcha et enleva sa veste.

— Je m'étais promis d'attendre ton vingt-cinquième anniversaire. Mais, ce matin, je n'ai pas osé t'en parler.

Il lui avait fait l'amour avant de partir travailler, et elle s'était rendormie avec bonheur en se félicitant d'avoir pris un jour de congé.

— Ramon, tu me fais peur !

— Moi aussi, j'ai peur. Mais j'en ai quand même envie. Je voudrais un bébé, mon amour.

Il lui fallut quelques secondes avant d'être sûre de comprendre.

— Qu'en penses-tu ? insista l'homme de sa vie en la scrutant attentivement.

Elle qui croyait avoir reçu le plus beau cadeau d'anniversaire de sa vie… Elle pressa les phalanges contre ses lèvres tremblantes tandis qu'une bulle de joie montait dans sa gorge. Sa poitrine se dilata ; ses yeux la piquaient soudain.

— Je ne sais pas comment interpréter ton silence, reprit-il en plissant le front. Ce serait une existence radicalement différente…

Il eut un geste vague et secoua la tête.

— Tu suffis à mon bonheur, Isidora. Je t'aime de tout mon être. Si tu crois que c'est trop risqué d'avoir un bébé à cause de notre mode de vie, de la pression médiatique et de nos obligations sociales, ce n'est pas grave. Mais j'y pense depuis quelques temps. Il fallait que je te pose la question.

— Pourquoi as-tu voulu attendre mes vingt-cinq ans ? demanda-t-elle enfin dans un filet de voix.

Ses jambes flageolaient.

— Parce que tu es beaucoup plus jeune que moi. Et nous ne sommes pas une famille normale. Il fallait te laisser le temps de t'habituer. Mais maintenant, tu fais partie du clan, tu es une vraie Sauveterre. C'est beaucoup demander, j'en ai conscience.

— Mais je t'aime ! Évidemment que j'ai envie d'un enfant avec toi. Depuis…

Elle haussa les épaules. Elle n'avait plus honte de son amour d'adolescente, qui avait mûri, était devenu réciproque. Fort et éternel, des deux côtés.

— … depuis toujours, termina-t-elle.

— Pourquoi n'as-tu rien dit ?

— Parce que c'est beaucoup demander, répéta-t-elle.

Elle glissa les bras autour de son cou en se frottant contre lui.

— J'étais déjà très heureuse de t'avoir. Je me sens comblée, réellement. Mais si tu veux un bébé, oui bien sûr. Avec joie.

— Tu es certaine ? En plus, il y a de grandes chances pour que nous ayons des jumeaux.

— Tant mieux.

— Tu dis cela maintenant… Attends un peu.

Résolument, il la poussa vers le lit.

Dix mois plus tard naquit un adorable petit garçon aux cheveux bruns et aux yeux gris-vert, tout le portrait de son père et de son oncle. Et deux ans plus tard, deux petites filles vinrent au monde, des jumelles aux yeux noirs et aux boucles auburn que leur père ne se lassait pas de contempler.

Ne manquez pas le mois prochain dans votre collection,

Azur

le nouvelle série inédite :

LES DUNES BLEUES

Princes et princesses des Dunes bleues : le devoir dicte leur actes, la passion dicte leur cœur...

1 roman inédit chaque mois, d'octobre à décembre 2018

Un jeu si innocent, de Clare Connelly - N°4007

Le jour où elle a accepté de se faire passer pour une autre, Matilda jugeait la mascarade innocente. Et puis, jouer le rôle d'une riche héritière, vivre quelque temps sur une île splendide : la perspective était trop tentante pour qu'elle s'y refuse. Seulement voilà, quand elle fait la connaissance de Rio Mastrangelo, l'homme le plus séduisant du monde, elle craint d'être démasquée… Comment en effet faire croire à Rio qu'ils appartiennent au même monde de pouvoir et de privilèges, alors qu'elle perd tous ses moyens face à lui ?

Coupable désir, de Kate Hewitt - N°4008

AMOUR COUPABLE

Désespérée de trouver un refuge à Rome, Laurel accepte de séjourner dans le luxueux penthouse de Cristiano Ferrero. Un homme qu'elle déteste depuis qu'il l'a repoussée dix ans plus tôt, lorsqu'elle s'est jetée à son cou. Aujourd'hui, bien qu'elle ne soit plus la jeune femme naïve d'autrefois, elle se sent, hélas, toujours aussi vulnérable en sa présence. Alors bien sûr, quand Cristiano lui propose qu'elle devienne sa maîtresse, Laurel cède à la tentation…

Contrat avec un don Juan, de Trish Morey - N°4009

« Je sauverai vos hôtels si vous acceptez de devenir ma femme. » Face à l'odieux marché que lui propose Domenic Silvagni, Opal sent sa gorge se nouer. Bien qu'elle rêve de dire à ce play-boy arrogant tout le mal qu'elle pense de lui, elle se retrouve à sa merci, hélas ! De ce mariage dépendent la survie de l'entreprise familiale pour laquelle son père a travaillé toute sa vie, ainsi que de nombreux emplois. Effrayée par l'attirance qu'elle ressent pour Domenic, Opal finit par accepter de se lier à cet homme sans scrupules, tout en redoutant de devoir bientôt faire chambre commune avec lui…

Un guerrier au royaume, d'Annie West - N°4010

SECRETS D'ORIENT

Il a le regard des puissants. La réputation d'un guerrier impitoyable. Devant Hussein al Rachid, la princesse Ghizlane est gagnée par l'angoisse. Si cet homme a franchi l'enceinte de son palais, c'est pour revendiquer la couronne de Jeirut. Mais il y a pire encore. Bientôt, le barbare exige de Ghizlane qu'elle devienne son épouse. Une alliance effrayante, mais qu'elle sait nécessaire pour préserver la paix du royaume…

Le choix d'Eva, de Michelle Smart - N°4011

SÉRIE : LIÉS MALGRÉ EUX - 3ᴱ VOLET

Épouser Daniele Pellegrini ? Pour Eva, cette perspective est d'autant plus impensable qu'elle déteste ce milliardaire trop sûr de lui, qu'elle a rencontré un mois plus tôt sur l'île de Caballeros. Loin de lui promettre amour et romantisme, son prétendant ne cherche, par cette union, qu'à hériter du *castello* familial. Pourtant, quand Daniele s'engage à verser une somme astronomique à l'association humanitaire pour laquelle Eva travaille, elle n'a d'autre choix que d'accepter cette folle alliance...

L'héritière du cheikh, d'Elisa Marshall - N°4012

SÉRIE : LES DUNES BLEUES - 1ᴱᴿ VOLET

Face au sultan Tarek Aal Shelad, Jasmine retient son souffle. Cela fait cinq ans qu'elle redoute cette confrontation. Cinq ans qu'elle se demande si elle n'a pas fait la plus grosse erreur de sa vie en fuyant ce ténébreux cheikh et le palais d'Aljazar, où ils se sont connus. Aujourd'hui, le désir qu'elle voit briller dans son regard sombre n'a d'égale que la haine qu'il lui voue. Malgré tous les efforts que Jasmine a déployés pour lui dissimuler son précieux secret, Tarek vient de découvrir qu'une enfant est née de leur unique nuit d'amour...

Une nuit à Paris, d'Angela Bissel - N°4013

Comme Emily haïssait Ramon de la Vega ! Autant qu'elle détestait la façon dont son corps réagissait à sa présence. Jamais aucun homme ne l'avait troublée à ce point. Or, aujourd'hui, elle a besoin de lui pour sauver le prestigieux club de sa famille. Une situation dont Ramon compte visiblement tirer profit, lorsqu'il lui propose de monter dans son jet privé – pour dîner en tête à tête avec lui à Paris. Si Emily accepte à contrecœur de suivre son ennemi, elle ignore encore que cette soirée va bouleverser leur vie à tous les deux...

Le play-boy de Santa Christobel, de Maisey Yates - N°4014

SÉRIE : *LA COURONNE DE SANTINA* - 6ᴱ VOLET

Depuis que la famille royale l'a rejetée car elle a donné naissance à un enfant illégitime, Carlotta Santina se tient aussi éloignée que possible de la Cour. Un choix qu'elle n'a jamais regretté, tant elle aime son petit Luca, mais qui l'emplit néanmoins de tristesse. Donc, lorsque son père lui demande d'épouser le prince Rodriguez pour assurer l'avenir de Santina, Carlotta décide d'accepter, avec l'espoir de renouer avec sa famille. Hélas, lier son destin à Rodriguez lui fait craindre le pire. Car, si elle est étrangement attirée par son futur époux, lui ne semble pas déterminé à abandonner ses habitudes, et ses maîtresses, pour leur mariage de façade...

OFFRE DE BIENVENUE

Vous êtes fan de la collection Azur ?
Pour prolonger le plaisir, recevez gratuitement

◆ 2 livres Azur gratuits ◆
et 2 cadeaux surprise !

Une fois votre colis de bienvenue reçu, si vous souhaitez continuer à recevoir nos romans Azur, cela se fera automatiquement. Vous recevrez alors chaque mois 6 romans inédits de cette collection au tarif unitaire de 4,40€ (Frais de port France : 1,79€ - Frais de port Belgique : 3,79€).

➡ ET AUSSI DES AVANTAGES EXCLUSIFS :

➡ LES BONNES RAISONS DE S'ABONNER :

Des cadeaux tout au long de l'année.

◆

<u>Aucun engagement de durée ni de minimum d'achat.</u>

◆

Aucune adhésion à un club.

◆

Vos romans en avant-première.

◆

La livraison à domicile.

Des réductions sur vos romans par le biais de nombreuses promotions.

◆

Des romans exclusivement réédités notamment des sagas à succès.

◆

L'abonnement systématique et gratuit à notre magazine d'actu ROMANCE.

◆

Des points fidélité échangeables contre des livres ou des cadeaux.

➡ REJOIGNEZ-NOUS VITE EN COMPLÉTANT ET EN NOUS RENVOYANT LE BULLETIN !

✂

N° d'abonnée (si vous en avez un) ⎵⎵⎵⎵⎵⎵⎵⎵⎵⎵

Z8ZEA6
Z8ZE6B

Mme ☐ Mlle ☐ Nom : .... Prénom : ....

Adresse : ....

CP : ⎵⎵⎵⎵⎵ Ville : ....

Pays : .... Téléphone : ⎵⎵⎵⎵⎵⎵⎵⎵⎵⎵

E-mail : ....

Date de naissance : ⎵⎵ ⎵⎵ ⎵⎵⎵⎵

☐ Oui, je souhaite être tenue informée par e-mail de l'actualité d'Harlequin.

☐ Oui, je souhaite bénéficier par e-mail des offres promotionnelles des partenaires d'Harlequin.

Renvoyez cette page à : Service Lectrices Harlequin – CS 20008 – 59718 Lille Cedex 9 - France

Date limite : **31 décembre 2018**. Vous recevrez votre colis environ 20 jours après réception de ce bon. Offre soumise à acceptation et réservée aux personnes majeures, résidant en France métropolitaine et Belgique. Prix susceptibles de modification en cours d'année. Conformément à la loi Informatique et libertés du 6 janvier 1978, vous disposez d'un droit d'accès et de rectification aux données personnelles vous concernant. Il vous suffit de nous écrire en nous indiquant vos nom, prénom et adresse à : Service Lectrices Harlequin - CS 20008 - 59718 LILLE Cedex 9. Harlequin® est une marque déposée du groupe HarperCollins France – 83/85, Bd Vincent Auriol – 75646 Paris cedex 13. Tél : 01 45 82 47 47. SA au capital de 1 120 000€ - R.C. Paris. Siret 31867159100069/APE5811Z.

OFFRE DÉCOUVERTE !

Vous souhaitez découvrir nos collections ? Recevez **votre 1er colis gratuit*** avec **2 cadeaux surprise !** Une fois votre colis de bienvenue reçu, si vous souhaitez continuer à recevoir nos livres, cela se fera automatiquement. Vous recevrez alors vos livres inédits** en avant première.

Vous n'avez aucune obligation d'achat et cette offre est sans engagement de durée !

*1 livre offert + 2 cadeaux / 2 livres offerts pour la collection Azur + 2 cadeaux.
**Les livres Ispahan, Sagas, Hors-Série et Allegria sont des rééditées.

☛ COCHEZ la collection choisie et renvoyez cette page au
Service Lectrices Harlequin – CS 20008 – 59718 Lille Cedex 9 – France

Collections	Références	Prix colis France* / Belgique*
❑ **AZUR**	Z8ZFA6/Z8ZF6B	6 livres par mois 28,19€ / 30,19€
❑ **BLANCHE**	B8ZFA3/B8ZF3B	3 livres par mois 23,20€ / 25,20€
❑ **LES HISTORIQUES**	H8ZFA2/H8ZF2B	2 livres par mois 16,29€ / 18,29€
❑ **ISPAHAN**	Y8ZFA3/Y8ZF3B	3 livres tous les deux mois 23,02€ / 25,02€
❑ **HORS-SÉRIE**	C8ZFA4/C8ZF4B	4 livres tous les deux mois 31,65€ / 33,65€
❑ **PASSIONS**	R8ZFA3/R8ZF3B	3 livres par mois 24,49€ / 26,49€
❑ **SAGAS**	N8ZFA4/N8ZF4B	4 livres tous les deux mois 33,69€ / 35,69€
❑ **BLACK ROSE**	I8ZFA3/I8ZF3B	3 livres par mois 24,49€ / 26,49€
❑ **VICTORIA**	V8ZFA3/V8ZF3B	3 livres tous les deux mois 25,69€ / 27,69€
❑ **ALLEGRIA**	A8ZFA2/A8ZF2B	2 livres tous les mois 16,37€ / 18,37€

N° d'abonnée Harlequin (si vous en avez un) ⎵⎵⎵⎵⎵⎵⎵⎵

Mme ❑ Mlle ❑ Nom : _____

Prénom : _____ Adresse : _____

_____

Code Postal : ⎵⎵⎵⎵⎵ Ville : _____

Pays : _____ Tél. : ⎵⎵⎵⎵⎵⎵⎵⎵⎵⎵

E-mail : _____

Date de naissance : _____

❑ Oui, je souhaite recevoir par e-mail les offres promotionnelles des éditions Harlequin.
❑ Oui, je souhaite recevoir par e-mail les offres promotionnelles des partenaires des éditions Harlequin.

Date limite : 31 décembre 2018. Vous recevrez votre colis environ 20 jours après réception de ce bon. Offre soumise à acceptation et réservée aux personnes majeures, résidant en France métropolitaine et Belgique, dans la limite des stocks disponibles. Prix susceptibles de modification en cours d'année. Conformément à la loi Informatique et libertés du 6 janvier 1978, vous disposez d'un droit d'accès et de rectification aux données personnelles vous concernant. Par notre intermédiaire, vous pouvez être amenée à recevoir des propositions d'autres entreprises. Si vous ne le souhaitez pas, il vous suffit de nous écrire en nous indiquant vos nom, prénom et adresse à : Service Lectrices Harlequin CS 20008 59718 LILLE Cedex 9. Service Lectrices disponible du lundi au vendredi de 8h à 17h : 01 45 82 47 47 ou 33 1 45 82 47 47 pour la Belgique.

Composé et édité par HarperCollins France.

Achevé d'imprimer en août 2018.

Barcelone

Dépôt légal : septembre 2018.

Imprimé en Espagne.